ベリーズ文庫

肉食系御曹司の餌食になりました

藍里まめ

JN179513

STARTS
スターツ出版株式会社

目次

肉食系御曹司の餌食になりました

肉食系御曹司の餌食になりました

地味ＯＬと歌姫

五月、札幌《さっぽろ》の街はまだ桜が散ったばかり。

私、平良亜弓《たいらあゆみ》は、オフィスビルの五階でノートパソコンに向かっている。

窓からのうららかな日差しと昼食後の満腹感が相まって、口からはつい、大きなあくびが出てしまう。

その瞬間、「綺麗な歯並びですね」と、左後ろから声をかけられた。

椅子を四半分回転させて振り向いたら、見慣れたハンサムフェイスがニヤリと口の端を吊り上げている。

「麻宮《あさみや》支社長……」

ここは『アサミヤ硝子《がらす》ホールディングス』の札幌支社で、今、目の前にいる三十二歳の彼がそのトップに立っている。若くして支社長を務めている理由は、社長の息子であるから。札幌にやってきたのは一年ほど前で、ここで数年の修業期間を経た後に東京《とうきょう》本社に戻り、経営者一族として重役の座に収まるのではないかという噂を聞いた。

椅子から立ち上がった私は軽く頭を下げ、「申し訳ありません」と業務中のあくびを謝罪した。

　すると、支社長が残念そうな顔をする。

「亜弓さんは今日も真面目ですね。謝るんじゃなくて、ここは、はにかんでみせてください。かわいらしい女性なんですから」

「かわいくないので無理です」

　黒縁眼鏡に、ひとつに束ねただけのストレートの黒髪。メイクは『してる？』と、同僚に聞かれるほどに薄く、オフィススーツはいつも紺色のパンツスーツ。

　こんな地味な私はかわいらしさから遠く離れた存在で、適当な言葉でからかうのはやめてほしいと思っていた。

　それなのに支社長は私との距離を半歩詰め、その形のよい口元には笑みが広がる。

「あなたはとてもかわいい。私が口説きたくなるほどに魅力的です」

　周囲のデスクで仕事中の社員は無反応。どうやら、支社長の囁くような口説き文句は、耳に届かなかったみたい。

　急に色を灯した瞳と、その顔に似合いすぎる甘い台詞《せりふ》に、私の心臓は思わず跳ねたが、真に受けて動揺するほど子供でもない。

　呆れの視線を向けると、支社長は苦笑いする。

「業務中だから、これ以上はやめておこうかな。亜弓さん、はい、これをお願いします」

渡されたのは十数枚のＡ４紙。うちの事業部が提出した新企画『地元ガラス職人との合同展示販売会』に対し、支社長の否決の印を押されて戻ってきたものだ。ご丁寧に、否決の理由を事細かに赤字で書き込んでくれている。

これについては私もコスパが悪いと危ぶんでいたので、やはりそうかという気持ちだ。ただ、発案者である同期の杉森智恵《すぎもりちえ》は、ショックを受けるだろうな……。

この部屋を使用しているのは、事業部だけ。総員は二十五人で、一番奥に部長のデスク。他は八つのデスクを向かい合わせにつけた島が三つあり、私の席は真ん中の島の窓際に位置している。

別の島にある智恵の席をチラリと見ると、不在。お手洗いかな？

できれば私じゃなく、彼女に直接渡してほしかった。

いや、支社長自ら出向かなくても電話で担当者を呼びつければいいのに、この人はこうやって事業部によく姿を見せるのだ。

「それでは亜弓さん、またね。今度、食事をご一緒しましょう」

そんな言葉と紳士的な笑みをくれてから、彼は優雅な足取りで事業部を出ていった。

スーツの背中を見送って椅子に座り直し、私は「食事ね……」と呟いた。

それは去り際の彼のお決まりの台詞で、きっと私にだけじゃなく、すべての女子社員に言っているのだろう。もし本気にする女性がいたら、どうするつもりなのか。まぁ、私には関係ないことか。

パソコン作業に戻ったが、すぐに眼鏡を外して目頭を押さえた。

今日は朝からずっと画面の数値とにらめっこで、目がお疲れ気味だ。こうやってほぐしたり、こすることができるから、眼鏡はやめられない。

コンタクトレンズは〝夜〟しか使わない。マスカラもつけ睫毛《まつげ》も、夜だけ。

会社での私は女子力が低くて、目立たず注目度は低いけれど、それを特に不満には思わない。地味な家庭に育ったせいか、女性としての魅力に欠けた日陰のポジションが居心地よく感じている。地味であることが私らしさであって、自分を変えたいという気持ちはさらさらないのだ。

眼鏡をかけ直したら、どこかから戻ってきた智恵が、自分の席に座るのが見えた。支社長に渡された企画書を手に、彼女のもとへ向かう。

飾り気のない私と違い、智恵はふんわりウェーブの肩までの髪型で、メイクも上手。男性が好みそうな華やかな容姿だ。私たちの見た目に大きなギャップはあるが、なぜか馬が合うというか、一緒にいて居心地のいい友人だった。

否決された企画書を智恵に手渡し、「残念」と声をかけると、彼女は顔をしかめた。

「部長はいいと言ってくれたのに、支社長って厳しいな。食事に誘われたって、釣れてあげないんだから」

「ああ、食事ね。アレは口癖のようなもんでしょ」

「アレって？」

「いや、だから支社長の、今度食事をご一緒にっていう……」

なぜか不思議な顔で見返され、会話が成立しなくなる。

お互いに目を瞬《また》かせて「え？」と同時に呟いた後、智恵は椅子を鳴らして立ち上がり、私の手首を掴んで廊下に連れ出した。「どこ行くのよ」と聞いても「いいから！」と問答無用で引っ張られ、着いた先はお手洗い。他に誰もいないことを確認すると、智恵は私の両手を握りしめて興奮気味に口を開いた。

「亜弓のさっきの話。支社長に食事に誘われてるってこと⁉」

「そうだけど……口だけだよ。それに智恵も、他の女子社員もでしょ？」

「違うよ！　さっきは企画を没にされた悔しさで言っちゃっただけで、私は一度も誘われたことない。亜弓だけ名前で呼ばれることは引っかかってたんだけど、いや〜盲点。まさかの亜弓とは！」

　智恵は支社長が私を狙っていると言いたいみたい。

　確かになぜか私だけ下の名前で呼ばれ、事業部に来るたびに声をかけられる。『今度、食事をご一緒しましょう』という誘いも、私だけだとしたら……。

　興奮中の智恵につられて、一瞬だけ『まさか⁉』と思ってしまったが、すぐにありえないとの結論に達した。

　国内のガラスメーカーで三本の指に入る、アサミヤ硝子ホールディングス。その御曹司で将来は社長になってもおかしくないあの人が、なにが悲しくて私なんかに手を出さなければいけないのよ。

　御曹司という背景だけでなく、人間として魅力的な人でもある。

　涼やかな切れ長の二重瞼に、高い鼻梁《びりょう》。唇も耳も形が整って、健康的な小麦色の肌の上にすべてのパーツが完璧に配置されている。

　加えて、スーツを通してても伝わってくる引きしまった体躯《たいく》に高身長。品のよさ、育ちのよさも言葉や態度に滲《にじ》み出ているし、ひと言で説明するなら彼はイケメン紳士だ。

　それに経営者一族であっても偉ぶるところはなく、うちの支社の古参《こさん》のおじさんたちとも上手くやれていて、女性のみならず男性社員にも慕われている。

そんな完璧な麻宮支社長にひとつだけマイナス点を挙げるとしたら、なぜか私に絡んでくるところだろう。いつも感じるのは、からかわれているという気持ち。

今日に限らずフラッと事業部に現れては、『たまには髪を下ろしている姿を見たいですね』とか、『オフピンクのスカートのオフィススーツをプレゼントしたら、着てくれますか？』とか、恥ずかしい台詞をいけしゃあしゃあと口にするのだ。私だけ下の名前で呼ばれることも、おそらくからかいの一種だと思う。

そんな説明をして、「あの人は私をからかって楽しんでるだけ」と断言しても、智恵は「うーん、でもさー」と納得いかない様子。

久しくうちの部署になかった、オフィスラブの話題に飢えているせいなの？

反論の言葉を見つけられる前に、私は誰もが納得できるような説明を付け足した。

「支社長と腕を組んでいる私を想像してみてよ。どう？　釣り合ってる？」

「釣り合って……ない」

「でしょ。支社長はもともと東京の人だし、向こうでお似合いの彼女が待ってるんじゃない？」

言葉にして、自分でも納得する。

私にとっては困る人でも、女性人気はかなり高い彼。彼女のひとりやふたり、東京にいるはずだと。

「はい、支社長の話はもうお終《しま》い。仕事に戻らないと。今日は残業できないんだ」

「お店に出る日なんだね。あ、そうだ！　〝アン〟なら見た目に支社長と釣り合うかも」

「あっちの私は、私であって私じゃない。地味なこっちがスタンダードだから無理」

「じゃあ、先に戻ってる」と、まだ話したそうな智恵を置いて、お手洗いを出た。

事業部に戻る途中で、隣の部署の先輩男性社員とすれ違って挨拶するも、興味なさそうな顔で「どうも」と言われただけ。

そんな反応が普通なのに、支社長が私を狙ってるって？

いやいや、シンデレラストーリーはこんな場所に転がっていたりしないから。


十八時に退社して、夕暮れの街を南東へと歩く。

あと一時間もすれば夜の帳《とばり》が下りて、街にネオンの花が咲く。

商業ビルの谷間を進み、車も人通りも多い方へと足を運ぶこと十分ほどで、目的地に到着した。

ここは札幌一の夜の繁華街、すすきのにある古びたビルの前。ローヒールのパンプスをコツコツと響かせて階段を下り、地下一階に店を構える『ジャズ＆バー・アルフォルト』のドアの取っ手に手をかけた。

開けた途端に、大きく聴こえるジャズ。

開店間もないこの時間、十二あるテーブル席に客は疎《まば》らだが、私がステージに立つ頃には空席を探すほどに賑わうことだろう。

私はこの店で、ジャズシンガーとして歌わせてもらっている。

もともとジャズを聴くのが好きだった私は、大学生のときに、ジャズ教室の体験レッスンに参加したことがあった。そうしたら、先生に歌唱力が素晴らしいと褒められて、シンガー募集中だったこの店をアルバイト先として紹介されたのだ。

こんな地味な私が、スポットライトを浴びて客前で歌うなんて……。

最初は抵抗があったけれど、試しに歌ってみたら、すぐに夢中になった。

それ以来、私はジャズシンガー〝アン〟として月に数回、このステージで歌っている。

ここのスタッフも客も、みんながジャズ好きだから、会話をするだけでも楽しい。私らしくない華やかな装いは、一時の変身だと思えば、それもまた楽しめた。

二十歳のときからもう八年の付き合いになるマスターは、マニアックなほどのジャズ愛好家の六十代男性。バーカウンターの中でドリンクを作る彼は、ウインクをひとつくれて、私は笑顔でそれに応え、壁際を奥へと進む。

段差のないステージには、グランドピアノとドラム、コントラバス、スタンドマイクや譜面台がセットされている。ステージ横に【スタッフオンリー】と札をつけた木目のドアがあり、開けるとそこは事務所兼楽屋。古びたソファセットや散らかった事務机、楽譜が無整頓に詰まった書棚など、雑多な空間が目の前に広がった。

私より先に来ていたのはピアノのコウジさんと、ドラムのシゲさん、コントラバスのジョーさん。三人とも五十代で、ジャズ歴の長い安定した演奏家だ。

「おはようございます」と挨拶すると、シゲさんが「アンちゃん、久しぶりだな～」と、目尻に皺《しわ》を寄せて答えてくれた。

そういえば、シゲさんと共演するのは三カ月ぶりになるのか。

ここにいる人たちは他の店でも演奏するし、これが本業ではなく、他に仕事を抱えている。この店には常時三十名ほどのジャズミュージシャンが登録していて、その都度組み合わせが変わるのだ。

私も毎日この店にいるわけじゃなく、月に三、四回ほどの出演。それくらいが本業に差し障りがなく、ステージに立つことを心から楽しめる、ちょうどいい頻度だと思っている。

「今日の歌い手さんはアンちゃんだから、曲はコレとコレにしようか？」

「俺はこっちがいいな。マスターも喜ぶだろうし」

そんなふうに男性たちが選曲している間、私は部屋の隅にある簡易更衣室でステージ衣装に着替える。

オフィススーツを脱いで、黒の袖なしロングドレスに。襟ぐりが広く、胸の谷間がチラ見えするセクシーなデザインだ。

更衣室を出ると、鏡の前でメイクに取りかかる。

眼鏡を外してコンタクトレンズにつけ替え、マスカラを塗って、つけ睫毛をつける。ステージ映えするように、アイシャドウはラメ入りのゴールドにして、チークは濃いめに。唇には鮮やかな赤をのせ、グロスで艶やかに仕上げた。

色を重ねていくと……ほら、いつもの地味な私はどこにもいない。

鏡に映る、色っぽくて綺麗な女性は誰？　自分でもそう思うほどに華やかで、変身後の私はなかなかの美人だ。

メイクには時間がかかるけれど、ヘアセットは簡単。ミルクティ色で巻き髪の、胸までの長さのウィッグを被るだけだから。

姿見に全身を映して確認し、「よし」と独り言を呟いた。

今の私は平良亜弓ではなく、歌姫のアン。

地味な毎日の中でステージに立つときだけが輝ける、貴重な自己表出の舞台だった。

そういえば子供の頃、魔法使いの戦士に変身する少女アニメに憧れたっけ。普段は好きで地味を貫く私にも、注目されたいという欲求がほんの少しはあるみたい。ここではその欲求を満たし、子供の頃の変身願望も叶えることができている。

私であって私じゃない、アンになることは、ゾクゾクワクワクする一時の夢の時間なのだ。

準備を終えてシゲさんたちと軽く打ち合わせをしたら、時刻は十九時十分。本日一回目のステージが始まる時間になる。

「アンちゃん、みんな、さあ楽しもうか」

最年長のシゲさんの言葉で楽屋を出てマイクの前に立つと、控えめな照明の中に常連客の顔が見えた。生演奏を楽しみに来てくれる、ジャズ好きで人のよいお客さんたちだ。

ピアノのソロから始まり、ドラムとコントラバスが加わる。ジャズのオフビートのリズムは、なんて心地いいのだろう。

黄みがかったライトを浴びながら、私は本日の一曲目、古いジャズの名曲を歌い始めた。

一回目の約三十分のステージを終えて楽屋で休憩し、時刻は二十時四十分、二回目のステージの時間になる。

一回目はお客さんの反応もよく、気持ちよく歌えた。マスターにも『今日はいつもより声が乗ってるね』と評価してもらえて、自分でも調子のよさを感じている。

二回目のステージの一曲目は『All or Nothing at all』。私の敬愛するジャズ界の歌姫、アン・バートンが歌うこの曲を、CDで何十回聴いたことか。アンという私のステージネームも、彼女から勝手に拝借したものだった。

愛に悩む男性の心を描いたこの曲の歌詞を、しっとりしたメロディに乗せて歌い上げる。

私の声はアン・バートンのような深みがなく、軽く聴こえがちなのが残念。でも今日は、いつもよりこの曲に似合う声を出せている気がして、気持ちいい……。

仲間の伴奏と、自分の歌声、目を閉じて聴き入ってくれるお客さんの顔と、味わいのある木目調の店内インテリア。それらをうっとり堪能しながら歌っている私の視線は……左端のカウンター席に座る、ひとりの客でピタリと止まった。

仕立てのよさそうなネイビースーツと、有名ブランドのお洒落《しゃれ》なデザインのネクタイは、今日、会社であくびをした直後に目にしたものと同じ。ブランデーグラスを片手に、もの問いたげな顔をして、じっとこちらを見つめる男性は麻宮支社長だった。

マズイ！と強い焦りが湧いて、一瞬、歌を忘れてしまう。

その直後にシゲさんのドラムが、楽譜にはない一打を強く放ち、ハッと我に返った私は慌てて歌を続けた。

焦った理由は、智恵以外の社員には、こうして歌っていることを秘密にしているから。うちの会社は副業禁止ではないが、望ましくないと社内規則には記されている。

それに加えて、社内で変な噂を立てられることも警戒していた。ジャズが好きで、私の歌を聴いてもらえることを楽しんでいるだけなのに、夜の街でアルバイトをしていることで、卑猥《ひわい》な方向へと誤解されかねない。そこまでいかないとしても、地味女とのギャップに、ヒソヒソと陰口は叩かれそうだ。

普段の目立たない私が本来の私だから、そのイメージが崩れることを望んでいないし、会社ではこれからもずっと退屈なほどに平穏な日々を送りたいと思っていた。

私と支社長の距離は五メートルほど。

合わさった視線を逸らし、それからはもう、そっちを見ないようにする。

焦りが引かない中で歌いながら、大丈夫だと自分に言い聞かせ、落ち着こうとしていた。

一回目のステージのときに彼はいなかったから、後をつけられたのではなく偶然の来店だろう。それなら、今歌っているアンが地味ＯＬの私だと気づくはずがない。眼鏡を外して濃いめのメイクにウィッグを被り、セクシーなドレス姿。何度か来店してくれた智恵は、正体を知っていても『亜弓に見えない』と笑って言うくらいだから、大丈夫……なはず。

なんとか気持ちを立て直した私は、その後の二曲を無難に歌い終えて、楽屋に戻ることができた。

よかったとホッとして古びたソファに座ると、隣に腰を下ろしたシゲさんが「どうした?」と心配してくれる。

その問いかけの意味は、一曲目の途中で歌を忘れそうになったことについてだろう。シゲさんのドラムに救われたので、「さっきはありがとうございました」とお礼を述《の》べて、「実は……」と会社の上司が来店していることを簡単に説明した。するとシゲさんも他のふたりも、声をあげて笑う。

ジョーさんが缶珈琲を飲みながら「そういや俺も昔、この店で……」と語り出した。

なんでも本命の彼女が店にいるときに、前日ナンパした女性が来店して、修羅場になりそうだったとか。

コウジさんはマスターが差し入れてくれたサンドイッチをつまみながら、「俺は借金取りが偶然店に来たことがある」と笑って言った。

そ、そうなんだ……。

それらに比べたら、会社の上司の来店くらい笑って流してしまえそう。第一、私の場合、正体に気づかれていないだろうし。

和気あいあいとみんなの昔話を聞いて、サンドイッチをつまみ、ペットボトルの緑茶で喉を潤《うるお》す。

次の三回目が本日のラストステージで、二十一時五十分から。

そろそろお手洗いに行っておこうかと立ち上がった。

焦りがすっかり引いているので、普通に楽屋を出てドアに向けて歩き出す。

ここはいろんなテナントが入る総合ビル。お手洗いは各フロアに共同のものが一カ所だけで、店外にある。

ジャズのＣＤが流される店内は、お酒を楽しみつつ次の生演奏を待つお客さんで満席。歩きながらフロアを見回していると、「アン、今日も聴きに来たよ」と常連客に声をかけられ、少し立ち話をしてから店外に出た。

店内に麻宮支社長の姿はなかった。もう帰ったのだろうとホッとして通路を奥へと進み、お手洗いに入る。

個室から出て洗面台の前に立つと、鏡に映るのは華やかで綺麗な大人の女性。

この容姿と歌声に惚れてくれた男性は過去に数人いて、交際した人もいた。そのうちのひとりはこの店のアルトサックス奏者で、去年の夏に破局した。

どうして別れたのかというと、彼が好きなのはアンで、亜弓じゃなかったから。地味な姿で会えば露骨《ろこつ》に嫌な顔をされ、付き合いを続けることが次第に苦しくなった。

アンは私であって、私じゃない。

亜弓の方を好きになってくれる人じゃないと、交際は長続きしないと学んだけれど、そんな変わった男性はそうそういないから、当分恋は訪れそうにない。

ポーチから口紅を出して塗り直し、全身をチェックしてからお手洗いを出た。

今日は声が乗っている。ラストステージは一回目と同じように、いいものにしたい。

そう思っていたら……。

廊下の角を曲がると、アルフォルトのドア横に、壁に背を預けて立っているスーツ姿の男性に気づいた。

麻宮支社長……帰ったと思ったのに、まだいたんだ。

視線が合わさってギクリとしたけれど、私が亜弓だと分かるはずないと高を括《くく》り、素知らぬふりしてドアの取っ手に手をかけた。すると横から差し出された彼の手に、手首を掴まれる。

驚いて再び視線を合わせたら、支社長が真顔で言った。

「亜弓さん、ですよね？」

どうして気づいたの⁉　メイクも髪型も会社とは全然違うのに。

大きく心臓が跳ね、途端に心の中が忙しくなる。

副業を咎《とが》められるだろうか？　社内で言いふらされたらどうしよう。口止めに応じてくれるだろうか？

しかし、強い焦りの中で考えを巡らせていたのはほんの二、三秒で、まだごまかせるのではないかと、急いで作り笑顔を浮かべた。

「亜弓？　私はアンです。お客さん、人違いですよ」

支社長は観察するような視線を、私の顔にさ迷わせている。

彼の結論がどっちに転ぶのかとヒヤヒヤしながら、引きつりそうになる笑顔を必死にキープしていた。

『お願い、人違いということにして！』と心の中で叫んだら、支社長は硬い表情をフッと緩め、自嘲《じちょう》気味な笑みを浮かべた。

「すみません、知り合いによく似ていたものですから」

掴まれていた手首も離され、心の中でホッと息をつく。

でも、まだ完全には安心できない。再び同じ疑問を持たれないように、予防線を張っておかないと。

そう考えた私は悪女っぽい笑顔と科《しな》を作り、手を伸ばして彼の髪に触れた。その手をゆっくりと下降させ、頬をくすぐるように撫で下ろし、わざと失礼な言葉を口にする。

「よくいるのよ、そういうふうに声をかけてくる男の人が。悪いけど、そういうのには飽き飽きなの。ストレートに君に興味があると言われていたら、一晩くらい付き合ってあげたかもしれないのに。残念ね、イケメン紳士のお客さん」

嫌な女だと思って、もうこの店に来ないでくれたら……。

そう考えての言葉と態度だったのに、支社長の反応は私の期待するものと違っていた。失礼なこの手も払わず、一度目を伏せてからクスリと笑い、落ち着いた大人の口調で私を焦らせる。

「ストレートに……ですか。それなら、そうさせてもらいます。アン、あなたのシルクのような美しい歌声に聴き惚れました。また来るので、私の顔を覚えていてください」

彼はスーツの内ポケットから黒い革の名刺入れを取り出し、その中の一枚にサラサラとペンを走らせると、私の手に握らせた。

「今日はこれで」

私の横を通り、地上へと繋がる階段を上っていく背中を見送りながら、どうしようと困っていた。

麻宮聖志《さとし》。彼の名前とうちの社のロゴマークが印字された名刺の裏に、私用携帯電話と思われる番号とメールアドレスが書かれていた。

よく知らない女に名刺を渡すなんて……まさか、本気でアンに惚れたんじゃないよね？

そんな疑問が湧くと同時に、顔が熱く火照《ほて》るのを感じて、慌てて否定の言葉を探した。

『聴き惚れました』と言われただけで『惚れた』とは言われていない。

そう、彼が惚れたのは私自身じゃなく歌だから、他のお客さんたちとなんの違いもなく、照れる必要はない。

もらってしまった名刺はもちろん連絡する気がないので、化粧ポーチに無造作にしまい込む。

また来るって言ってたよね。

正体がバレたくないから、興味を持たれるのは困るのに……。

からかわないで

　支社長がアルフォルトに現れた日から一週間ほどが経つ。

　私と智恵は事業部の全体会議を終えて会議室を出たところで、廊下を歩きながら「疲れたね」と話していた。その後に智恵が「支社長、あれから店に来ないの？」と声を潜めずに聞くから、「しっ」と人差し指を唇に当てる。

「そういう話を会社でしないで。誰かに聞かれたらどうするのよ」

　智恵には店での一件を教えてある。その続編を聞きたくてウズウズしているようだけど、社内では困る。それに次の私のステージは今日なので、あれから支社長がアルフォルトに通っているのかなんて知らない。

〝店〟という単語を避けて、「最近、支社長を見てない」とだけ答えた。

　自分で言って、そういえばここ一週間ほど、支社長の姿を見ていないことに今気づく。東京本社に出張中だろうか？と考えていたら、智恵がニヤニヤした目を向けた。

「気になるの？　会いたいな〜って思ってる？」

「怒るよ」

「はいはい、亜弓はこういう話題が好きじゃないもんね。まったく、かわいらしさが足りないな」

かわいくないのは自覚しているけど、恋愛の話が嫌いなわけではない。智恵が今の彼氏に片思い中だった頃はよく相談に乗っていたし、たまにはラブストーリーの映画も観る。ただ私の恋愛話で盛り上がられるのが性に合わないだけ。

事業部に戻ってくると時刻はちょうど正午で、智恵の席で相談する。

「お昼、どこ行く？　丸駒屋《まるこまや》かポポスにしない？」

丸駒屋は和定食の店で、ポポスはスパゲティ屋。両方とも会社からほど近く、かつ安いのでよく利用している。

うちの社は二十階建ての商業ビルの四〜六階を借りていて、社員食堂がないのが残念だった。

「うーん、今日の気分は丸駒屋かな」と智恵が返事をしたとき、係長が近づいてきて、彼女の頭にクリアファイルをポンとのせた。

「なにが丸駒屋だ。杉森、チーム会議を始めるぞ」

「あっ」と声をあげた智恵の顔を見ると、すっかり忘れていた様子。

同じ事業部でも私たちは今、別のチームで仕事をしているので、毎日一緒に昼休みに入れるわけじゃない。

会議が続いて大変だねと思いながら、「じゃ、お先に」と智恵から離れ、ひとりでお昼を食べに行くことにした。


事業部を出てエレベーターで一階に下り、外に出ると、空には黒い雨雲が広がっていた。湿気を感じ、雨が降り出しそうな気配が漂っている。

会社から歩いて三分の丸駒屋に行こうと思っていたけど、傘を持って出なかったのでやめにして、ふたつ隣のビル内にあるコンビニに足を向けた。適当なものを買って、自分のデスクで食べようと考えて。

昼時のコンビニは混んでいる。なるべく邪魔にならないようカゴを抱えるように持ち、ペットボトルの緑茶、抹茶プリン、サラダ、おにぎり二個を入れていった。

これくらいで充分だろうとカゴの中を見ていたら、隣から誰かの手が伸びてきて、私のカゴにカツサンドと牛カルビ弁当を追加する。

「えっ⁉」と驚き隣を向くと、久しぶりに見る麻宮支社長が立っていた。紳士然とした表情とは裏腹に、口元には微かに悪意のある笑みが浮かんでいる。

「亜弓さん、私の分もついでにお願いします」

それはつまり、支社長の昼食を私に買えということだろうか？

なぜ？と聞き返したい気持ちを顔に表していたら、「後ろがつかえていますよ。早くレジへ」と急かされる。

確かにおにぎりを選びたい人が後ろで迷惑顔をしているので、納得がいかないまま仕方なく、レジ待ちの列へと移動した。

隣に立つ支社長を横目で見ながら考える。

コンビニに来たけど、財布を忘れたという凡ミスをしたの？

いや、これは嫌がらせかも。

言葉遣いは丁寧で、いいとこ育ちのお坊ちゃんという雰囲気が滲み出ているのに、ときどき性格の悪さを感じる。他の社員からは支社長に対しての褒め言葉しか聞いたことがないから、それに気づいているのは多分私だけだと思うけど。

後で代金はきっちり請求しようと考えているうちに順番がきた。レジカウンターにカゴを置くと、支社長が店員に「そこの唐揚げもお願いします」と追加注文していた。

え、カツサンドと牛カルビ弁当に加えて、唐揚げまで食べるの？　肉食男子なんだ……。

お弁当とおにぎりを温めてもらい、千九百二十円を支払おうと財布を開けたら、支社長が店員にクレジットカードを渡してサッと会計を済ませてしまった。

「え？　あの、支社長」

声をかけても振り向かず、彼はレジ袋を手にスタスタと店外に出て、私は慌てて後を追いかけた。

財布を忘れたわけではなかったみたい。嫌がらせで私に支払わせようとしたのでもなかった。それなら、なぜ一緒に会計をしたのか。

隣に追いつき、「私の分は自分で払いますから」と言ったけど、「小銭はいりません」と太っ腹な答えが返ってきただけで、支払わせてくれそうになかった。

この人はアサミヤ硝子ホールディングスの御曹司。コンビニでの一回分の昼食代なんてどうでもいいのだろう。

それを理解していて、奢ってもらえるのがありがたくもあるけれど、なにか裏がありそうな気がして素直に喜べない。

会社のあるビルまで戻ってきて、エレベーターに乗る。下りのエレベーターは混雑していても、上りの利用者は私たちの他にいなかった。

彼は支社長室のある四階を押して、私は事業部のある五階を押す。

でも降りたのは支社長と同じ四階で、なぜなら私の分の昼食をまだ渡されていないから。

エレベーター前で「ありがとうございます」と一応お礼を述べて、私の分をくださいという意味の手を出す。しかし、その手はなぜか無視され、彼は開いた自動扉の向こう側に足を踏み出した。

「支社長！」と声をあげたら、「黙ってついてきてください」と言われてしまう。

なんなのよ……。

理解できない行動を繰り返す彼の背中をひと睨みしてから、諦めてついていく。

自動扉のすぐ先に来客用の受付カウンターがあり、受付嬢が微笑みながら支社長に会釈して、その後ろに私を見つけると首をかしげていた。

このフロアに私が来ることはめったになく、支社長の連れのように真後ろを歩くこともまずないので、疑問に思われたのだろう。

受付カウンターの横にはガラス扉があり、その横にあるＩＣリーダーに社員証をかざして解錠すると、支社長は奥へと廊下を歩いていく。

すれ違う社員に注目されたくないので、支社長にこれ以上声をかけず、二メートルの距離を空けてついていった。

支社長室はこのフロアの突き当たり。総務部の隣にあり、ＩＣロックを解錠すると、彼は「どうぞ」と私を先に中に通した。

初めて入る支社長室は広さ八畳ほどで、奥の窓際に整頓された執務机と整然とファイルが並ぶ書棚、手前に黒い革張りのソファセットが置かれていた。

黒と茶でまとめられた、スッキリとシンプルな支社長室。

扉を閉めた彼に「さあ、食べましょうか」と言われて、やっと疑問が解けた。

どうやら私と一緒にお昼を食べようと思い立っての行動だったのだと。

しかし、なぜ私なんかと一緒に食べたいのかという新たな疑問が湧いてくる。

真っ先に頭に浮かんだのは、一週間ほど前のアルフォルトでのこと。手首を掴まれ、『亜弓さん、ですよね？』と聞かれた。あの後、アンと私は別人だということで納得してくれたはずなのに、まさかまだ疑っていて、確かめるためにふたりきりになろうとしたのでは……。

途端に鼓動が二割り増しで速度を上げ、嫌な緊張を感じてしまう。

ガラスのローテーブルに買ってきた品を並べられ、「座ってください」と言われてはここで昼食を取るしかないが、探りを入れられる前に逃げ出したい気持ちでいた。

早く食べてさっさと出ていこうと決意して、勧められたふたり掛けソファに腰を下ろす。

支社長はひとり掛けソファに座り、お互いに自分で選んだものを食べ始めた。

咀嚼《そしゃく》に手間取るサラダを選んだことを後悔しながら、箸と口を動かす私。その向かいでは支社長が牛カルビ弁当を食べている。

彼の箸の持ち方はお手本のように美しく、口に運ぶ仕草も咀嚼する口元も上品で、コンビニ弁当ではなく高級老舗料亭の懐石弁当でも食べているような錯覚に陥る。

警戒心はそのままに、食事の様子に関してはつい見とれてしまう。

すると私の視線に気づいた彼が、瞬きの後に口の端をニヤリと吊り上げ、「食べますか？」と聞いてきた。

「私が箸をつけたものでいいなら、喜んで分けてあげますよ」

食べたくて見ていたのではないと、分かって言っているような顔をしている。

綺麗に食べる人だと思っていたこの心も、見透かされている気がした。

それならばなぜ、そんな言い方をするのか。『食べかけなんて、恥ずかしくて無理です！』とでも言わせたいのか。

残念ながら私はそういう素直な反応が苦手なタイプで、「遠慮します」とだけ静かに答えて目を逸らし、おにぎりの包みを開いた。

すると彼は、溜め息とまでいかない小さな吐息を漏らした。

「楽しい昼食にしたいので、もう少し会話を続ける努力をしてください」

「それでしたら私ではなく、適任が他にいると思います」

「私は亜弓さんと昼食を楽しみたいんですよ」

つい「どうして私なんですか？」と聞き返してしまい、その直後に余計なことを言ったと後悔する。ここに誘われた理由はアンと私の共通点を探るためではないかと危ぶんでいるのに、その話に繋がりそうな質問をぶつけてしまった。

まさかそれさえも予想して、会話の流れを作っていたんじゃないよね？

支社長との会話は他の人となにかが違う。いつも先読みされている気がして、落ち着かない……。

しかし私が警戒する方に話は流れず、彼は質問に答えることなく立ち上がると、部屋の隅にある珈琲メーカーの前に移動する。

すぐにふたり分の珈琲を淹れて戻ってきて、私の前に「どうぞ」と白いカップを置いた。

「ありがとうございます……」

湯気立つ珈琲はいい香りがして美味しそうだけど、すぐには飲めないほど熱そうだ。

一応歌手なので、口や喉の火傷《やけど》は気にする。

困ったな、早く出ていきたいのに……。

おにぎりとサラダはとっくに食べ終わっている。抹茶プリンは事業部に持ち帰るとしても、これじゃあ珈琲を飲むまで戻れない。

支社長は牛カルビ弁当と唐揚げを食べ終えていて、今は珈琲を飲みながらカツサンドを口にしている。やはり、その所作も洗練されていて美しい。

息を吹きかけ冷ましながらカップの珈琲と格闘していたら、すべてを食べ終えた支社長が「亜弓さん」とまた話しかけてきた。

いちいち警戒する私に、「この前、札幌駅構内の花屋で……」と、なぜか急に花屋の話を始める彼。店先の真っ赤なバラに目を奪われ、乗るべき電車を一本遅らせてしまったというエピソードを聞かされた。

「そうですか」

それ以外なんと言葉を返せばいいのか分からないし、興味もない話。

でも、そんな素っ気ない相槌《あいづち》でも彼は機嫌を損ねることなく、柔らかな口調で話し続けた。

「真紅のバラを美しいと言う人は、きっと大勢いることでしょう。でも私は注目を集めない花も美しいと知っています」

「え……？」

「私の住むマンション前に、街路樹の足元でひっそりと紫露草が咲いていました。日差しを好まず日陰で可憐に咲くこの花に、私は健気な美しさを感じるんです」

今度は『そうですか』と言えなかった。

もしかしてバラと紫露草は、アンと私の例え話では……と思っていたから。

やっぱり同一人物だと怪しまれている？　いや、そうじゃない。支社長はバラと紫露草が同じに見えると言ったのではなく、両方美しいと言っただけ。

そうすると彼の目には、アンだけじゃなく、地味な私も美しく映っているというのか……。

以前、智恵に『亜弓狙いなんだ！』と言われたことを思い出していた。

まさか本当に……？

支社長は長い足を組み、カップ片手にじっと私を見つめている。動揺を顔に出すほど子供じゃないと自負していたはずなのに、探るような視線から目を逸らしてしまった。

「亜弓さんは、バラと紫露草、どっちが好きですか？」

「わ、私は……」

マズイ、動揺が声にも表れ、震えてしまう。

落ち着いてと自分に言い聞かせ、まだ熱い珈琲を無理して一気に飲むと、カップを置いて立ち上がった。

「私は花よりだんご派です。ご馳走様でした。これで失礼します」

これ以上ここにいると心臓が忙しくて、もう駄目だ。

片付けもせずに財布だけを手に、逃げるように支社長室を出る。

後ろに「亜弓さん」と支社長の声がしたけれど、聞こえなかったふりをしてドアを閉め、足早に廊下を歩き出した。

受付嬢のいる四階のフロアを出て、エレベーター横の階段を上り、踊り場まで来る。

ここまで離れると少し心に余裕ができ、冷静な思考力も戻ってきた。

さっきは花の話が私のことだと思ってしまったけど、改めて考えてみると、それは深読みしすぎというものだ。会話が続かないから話題として、花の話を出しただけかもしれない。

地味な私を美しいと思う男性はいないだろう。もしいたとしたら、趣味の悪さを指摘してあげたいところだ。

自分の考えに納得して、不覚にも胸を高鳴らせてしまったことに呆れて溜め息をついたら、あることに気づいてステップの途中で足を止めた。

「抹茶プリン、忘れてきちゃった……」

事業部に持ち帰ってゆっくり味わおうと思っていたのに、残念。

取りに戻る気にはなれないし、支社長が代金を払ってくれたものだから損をしてないということでスッパリと諦めようか。

止めた足を前に進めて、心に思う。

なんだかどっと疲れた。

支社長に関わるとペースを乱されるからもう構わないでほしいけど、今日のアルフォルトでのステージを、彼は見に来るのだろうか……。


夜が深まり、すすきのの街に賑やかさが増す。

鄙《ひな》びたビルの地下一階で、ホルターネックの鮮やかな青のロングドレスを着たアンが歌っていた。今は三回目のラストステージで、ピアノとコントラバス、アルトサックスとドラムの、前回とは違う四人の男性奏者が私の歌を支えてくれていた。

支社長はやはり来店中。一回目のステージの途中で現れて、急いで来たのか少し息が上がっているように見えた。

来るだろうと覚悟していたので、今日は驚くことはなかったが、カウンターの端で私だけをじっと見つめる彼に、いくらか歌いにくさは感じていた。

なるべく支社長のいる方を見ないようにして、本日最後の曲に入る。

『ジャスト・フレンズ』。一九三〇年代の名曲で、私の大好きな曲のひとつ。

シンバルが小さな音でリズムを刻むと、ピアノとコントラバスのベースが加わり、そこにアルトサックスが色気のある音を重ねた。

明るい曲調の前奏部分に心が弾み、楽しい気分で私は歌い出した。

この曲は軽快なメロディなのに実は失恋ソング。恋人だったふたりが別れ、友達としての関わりが続く中で、私だけは失恋を悲しんでいるという内容の歌詞だ。

有名な曲なので、私と一緒に英語の歌詞を口ずさんでいるお客さんもいるし、カクテルグラスを傾けながら自身の思い出を重ねているような女性客もいた。

一番の歌詞が終わって間奏に入ると、主役はアルトサックスになる。

私の隣に出てきて、少々格好つけつつ甘い音色を聴かせてくれるのは、カイト。私よりひとつ年上の二十九歳で、一年前まで私の彼氏だった人。今は友達とも呼べない、この店の中だけの付き合いのジャズ仲間だ。

この歌詞のように私は失恋を嘆いてはいない。関係を終わらせたのは私からだし、そもそも付き合ったことは間違いだったと思っている。

カイトが惚れたのは、私であって私じゃない、アンだけだったから……。

およそ三十分のステージが終わり、拍手をもらって楽屋に引き揚げると、カイトがアルトサックスをケースにしまいながら話しかけてくる。

「『ジャスト・フレンズ』は、アンの声がはまるよな。おばさんボーカルのしゃがれ声より、若い声の方が合ってる」

おばさんボーカルのしゃがれ声って……なんて言い方するのよ。年齢を重ねた深みのあるハスキーボイスと言ってほしい。

褒められた気がしないのは、自分の声質に物足りなさを感じているせいだ。

私も歳を重ねたら、軽すぎるこの声にもっと味わいが出るのだろうか？　そうだとしたら、早く歳を取りたい気持ちにもなる。

姿見の前でミルクティ色のウィッグを外しながら、「私はルミコさんの色気のあるハスキーボイスに憧れてる」とだけ返事をした。

ルミコさんとは、アルフォルトの女性ボーカルの中で一番ステージ歴の長い、四十九歳のベテラン歌手。この店に客としてもたまに来る私だけど、ルミコさんの大人のジャズに似合うハスキーボイスを聴くたびに、羨ましいと感じていた。

私の返事にカイトは軽く笑う。

「ルミコさんのテクニックはすごいと思うけどさ、俺はアンの歌が好きだ。声が綺麗で、そういう澄んだ声を出せる個性を大事にしろよ」

鏡越しに、二メートルほど後ろに立つカイトと視線が合った。

私の声が好きだと、付き合う前はよく言われ、そのときは恋の予感に胸を高鳴らせていたことを思い出していた。カイトがどういう人なのかを知っている今は残念ながら、同じことを言われてもときめくことはできない。地味な亜弓であっても声は同じなのにと、非難が湧くだけだ。

鏡越しに視線をぶつける私たち。なにを勘違いしたのか、カイトは近づいてきて真後ろに立つと、私の体に腕を回してきた。

「やめてよ」

「このくらい、いいじゃん。アン、俺さ、今フリーなんだよね。お前、彼氏いる？いないならもう一度――」

「無理」

ウィッグを横の棚に置き、私はカイトの腕を外して向かい合った。

「同じことを繰り返す気はないよ。これから私はメイクを落として地味な服に着替え、素の自分に戻る。そういう私をカイトは好きになれないんでしょ？」

「や、今度は大丈夫。それくらい我慢するし、文句も言わないようにするからさ」

カイトはばつの悪そうな顔で笑いながら、明るい茶色の前髪をかき上げた。

その仕草が一年前は好きだったのに、今は冷たい視線を向けてしまう。

地味な私の姿でも、文句を言わずに我慢するって……馬鹿言わないで。我慢して付き合う先に、一体なにがあるというのか。

カイトは地味な私にうんざりする心を隠すことに疲れ、私は彼好みの女になれないことを申し訳なく思わなくてはならない。そんな苦痛だらけの付き合い方はしたくない。

いつもなら演奏後の楽屋はメンバー全員で雑談に花を咲かせる楽しい時間のはずなのに、私たちに気を使ってか、それとも巻き込まれたくないからか、他のメンバーは「お疲れさん」と、そそくさと帰ってしまった。

ふたりきりになった楽屋で、私は小さな溜め息をつく。

「もう終わったんだよ。私たちはジャスト・フレンズ。その方がお互いのためだから」

交際期間は半年ほどだった。その頃は私も彼が好きだったので、彼との関係に随分と悩み、別れを切り出すときには声が震えた。でも、別れた後にはホッとして心が軽くなり、かなり無理して付き合っていたことに気づかされた。

私とカイトがもう一度恋人になる日は、二度と来ないと断言できる。

「アン……」

「お疲れ様。またね」

脱いだばかりのウィッグを被り直した私は、黒いストールを取り出し、露出した肩に羽織らせると、バッグと着替えを入れた紙袋を手に楽屋を出た。

ステージの後、馴染みの客に誘われてこの姿のままでお酒を飲むこともあるけれど、それ以外はいつもの地味女に戻って帰ることが多い。でも今はカイトから早く離れたくて、このままで帰ろうと思う。

ステージ横の楽屋のドアから出てすぐに、バーカウンターが視界に入ってハッとした。

麻宮支社長、まだいたんだ……。

彼はブランデーグラスを片手に、マスターと会話している。なにを話しているのか聞こえないけど、マスターの顔も支社長の横顔も、楽しそうに見えた。

危なかったと、胸を撫で下ろす。

カイトがいなかったら、うっかり亜弓の姿でこのドアを開けていたかもしれない。

いや逆に、カイトがよりを戻そうなどと言わなかったら、支社長がまだ店内にいる可能性を忘れるはずもなく、アンの姿のままで帰ろうとしていたことだろう。

さっきまで満席に近かったのに、店内の客は半分ほどに数を減らしていた。

カウンターから離れた通路を歩く私。「アン！」と斜め後ろのテーブル席から呼びかけられて振り向くと、顔に覚えのない男性客が手を振っていた。

常連客なら少々会話を……と思うところだが、知らない人だし、今は支社長に捕まらないうちに早く店を出たいので、作り笑顔で手を振り応えて足を止めずに通路を歩いた。

しかし、今度はマスターに「アン、ちょっとこっち！」と呼ばれてしまった。

いつもならしっかり挨拶して帰るところを、今日はこっそり出ていこうとしていたのに、呼ばれたらこのまま帰るという選択肢はない……。

諦めて足をカウンターに向ける。マスターだけを見ながら「お疲れ様でした」と挨拶すると、「そこ座んな、今、アンの好きなカクテル作るから」と言われた。

『そこ』というのは支社長の隣の椅子で、彼と関わりたくないという希望からどんどん遠ざかる成り行きに、困りながらも座るしかなかった。

シャカシャカとシェイカーを振る音がやんで数秒後、私の前にマタドールという名のカクテルが出された。テキーラをパイナップルジュースとライムで割ったもので、スッキリと爽やかな味がする。

マスターのサービスだと思ってお礼を言ったら、「俺じゃなくて麻宮さんの奢りだよ」と返された。

左隣に顔を向けると、支社長が人当たりのよい笑みを浮かべた。

「やっと、こちらを見てくれましたね。アン、私のことを覚えてますか？」

「先週も来てくれたお客さん、でしたっけ？」

「麻宮です」

「麻宮さん……カクテル、ありがとう。いただきます」

作り笑顔で会話して、グラスに口をつける。

『麻宮さん』と呼ばなければならないことに違和感を覚え、うっかり『支社長』と呼ばないように気をつけようと思っていた。

カクテルを飲む私の様子を見ながら、支社長はブランデーのおかわりを受け取って氷を鳴らす。

「今日も素敵なステージでした。最後の曲、『ジャスト・フレンズ』は私の好きな曲で、ヘレン・メリルのＣＤでよく聴いています。レコードも持っていますよ」

「麻宮さんは、ジャズに詳しいんですか？」

「大学生の頃、数カ月だけジャズ研究会というサークルに入っていました。その程度なので、詳しいのかと聞かれても頷けません。マスターに怒られそうですから」

カウンター内でお酒を作っているマスターは、カクテルグラスひとつとウイスキーグラスふたつをアルバイトの男の子に渡してから、会話に参加する。

「いやいや、麻宮さんは結構詳しいよ。なにしろマニアックな俺と話が合うくらいだもの。そうだ、さっき話してたゼムの限定版CD、貸してあげるよ」

その言葉に驚いて「え？」と呟いてしまう私。

マスターが秘蔵のCDコレクションを客に貸すなんて……。

カウンターから出たマスターは楽屋に入っていき、上機嫌に鼻歌を歌いながら戻ってきた。

「はい、これどうぞ。ジャケットも味があって素敵だろ？　次に店に来たときに返してくれればいいから」

「マスター、ありがとうございます。帰って聴くのが楽しみです」

にこやかなふたりを見比べて、冷や汗が流れるような心持ちでいた。

どんな技を使ったら、こんなに短期間で相手の懐《ふところ》に入り込めるのか。マスターと親しくなられると、色々と困りごとが発生しそうで……。

嫌な予感に口の中が乾き、カクテルの半分を一気に喉に流し込む。

ドキドキと鼓動が速まるのはアルコールのせいか、それとも正体がバレないように緊張しているせいか。

いや、左隣の支社長が社内で見るよりも男の顔をして、色気のある視線をずっと私に止めているせいかもしれない。

そんなに見つめられるとポーカーフェイスを崩されそうで、内心焦っていた。

すると店での私をよく知っているマスターが、わずかな頬の赤みに気づいてからかってきた。

「アン、麻宮さんはいい男だろ？　近年稀《まれ》に見る好青年。ジジイの俺でもドキッとするよ。アンの虜《とりこ》になったたって言ってたけど、どうだい？　彼女はいないってさ」

彼女候補に名を挙げろというのは、冗談だろうから聞き流すとして、彼女がいないという情報には驚かされた。てっきり東京で帰りを待つ女性がいるものだと思っていたから。

「いないんですか？」と、つい確認を取ってしまったら、支社長は「いません」とハッキリと頷く。それから大人の笑みを浮かべ、切れ長のふたつの瞳に色を灯した。

「そう聞いてくれるということは、少しは期待してもいいですか？」

彼の右手が私の左手をそっと持ち上げる。驚く私と視線を絡めたままに、彼は手の甲に口づけた。

「あなたを、私だけの歌姫にしたい」

心臓が大きく跳ねた後は、壊れそうなほどの動悸が始まる。

カイトに背中を抱きしめられたときと違い、『やめて』という言葉さえ出せず、戸惑いの中で固まるだけの私。

なんだろう、この感じ。禁断の果実を手にしたイブが、食べてみようか、やっぱりやめようかと迷っているような、そんな危険な気分にさせられる……。

そのとき後ろに「なんだ、新しい男ができたのかよ」と呟く、低い声がした。

ハッと我に返り、慌てて手を引っ込めて振り向くと、カイトが不愉快そうな顔をして立っていた。睨むような目つきからは『彼氏がいるならハッキリ言えよ』という、非難の気持ちが汲み取れる。

誤解を解く前にカイトはチッと舌打ちして、「マスターお疲れ様でした」と挨拶して店を出ていった。

「今の彼はアルトサックスを吹いていた人ですよね。もしかして私のせいで、マズイところを見せてしまいましたか？」

「いえ、別に……。カイトとは、とっくに終わっているので」

目を泳がせて動揺を隠せないのは、カイトに誤解されたからではなく、支社長の手の甲へのキスと意味深な台詞のせいだ。

まだ心臓が忙しく働いて、隣に支社長がいるうちはしばらく落ち着きそうにない。

昼間も思ったことだけど、支社長といると調子が狂う。彼に主導権を握られて、ペースを乱され翻弄《ほんろう》されてしまう。

こんなみっともない自分は嫌だから、残りのカクテルを飲み干して「からかわないでください」と席を立った。バッグと紙袋を持ち、彼に背を向ける。

すると「アン、忘れ物です」と引き止められた。

忘れ物に心当たりがなく、疑問に思いながら振り向いたら、支社長の手にはコンビニのレジ袋が。

それを渡されて袋の中を覗き込み、私は目を見開いた。

これは、今日のお昼に支社長室に忘れた、抹茶プリン……。

やっぱりバレてたんだと青ざめた直後に、にっこりと笑う彼が言葉を付け足す。

「失礼、忘れ物というのは語弊がありました。私からの差し入れを持ち帰るのを忘れてます、と言うべきでした」

　ということは……これは昼間のプリンとは別物で、つまり正体はまだバレていないということでいいのよね？

　窮地《きゅうち》から脱した気分で思わず深い溜め息をついたら、彼がクスリと笑う。

「そんな差し入れですみません。次回はもっと、気の利いたプレゼントを用意しますので」

「いいえ、なにもいらないです……」

　だから、もう来ないでほしい……とは、マスターのいる前で言えるはずもなく、抹茶プリンを紙袋の中に突っ込むと、私はアルフォルトを後にする。

　階段を上って地上に出ると、昼間のように眩しいネオンに照らされる。

　濃い夜の匂いが立ち込める中を、私は俯いて歩き出した。

危険なキスは極めて甘い

六月に入ると札幌の街も緑が濃くなり、上着のいらない日が増えてきた。

今度の休みは夏物の地味なオフィススーツを買いに行こうかと考えながら、窓に視線を移す。

ビルの隙間に空の切れ端が見え、濃淡のグラデーションをつけた茜色に心を奪われそうになる。

しかし今は、ミーティング室で新企画についての話し合いをしているところ。一度逸らした心と視線を手元の資料に戻し、ペンを握り直した。

楕円形の白いテーブルに向かうのは、私と智恵と、二歳年上の男性社員、井上《いのうえ》さんの三人だけ。この前、智恵の企画が支社長に没にされたので、『そのリベンジがしたいから手伝って』と言われて集まっていた。

テーブルの上には色々な資料が散らかっている。札幌の中心を東西に延びる大通《おおどおり》公園《こうえん》の見取り図や、その公園でのイベント表、十数社のブライダルプロデュース会社のパンフレットなど、これだけ見ればアサミヤ硝子と関係ないと思われそうなものばかり。

新企画として智恵がなにを考えたのかというと、こんなこと。

毎年冬になると、『さっぽろホワイトイルミネーション』というイベントが大通公園で開催されるのだが、それに便乗して、うちの会社の蓄光《ちっこう》ガラスやLED発光ガラスのプロモーションをしようという企画だ。輝くガラスの板で光と雪の幻想的な空間を作り、クリスマスにどこかのカップルに結婚式を挙げてもらえば、結構な話題になるのではないかと。

おもしろい案だと思うけど、ブライダル会社と手を組んだり、大通公園の使用許可を取るなど、結構大がかりで大変そう。大雑把な算出での経費も、ちょっと冷や汗をかくほどになったし、それだけのことをしても、その後の販売促進に繋がってくれるのかは未知数だ。

この企画も通らない気がする……とは、リベンジに燃える智恵に言えない。私にできることは企画書作りに協力し、出すだけ出して駄目だったら、また別のものを一緒に考えるということくらいだ。

智恵は三枚のA４紙に書きなぐったメモを見て「今度はいけそうじゃない？」と目を輝かせたが、その直後に「でも、また支社長に没って言われるかも……」と深い溜め息を漏らした。すると隣に座る井上さんが、チャンスとばかりに智恵の頭を撫で、下心のありそうな笑みを浮かべた。

「この前の企画は本当に残念だったね。俺はいけると思ったんだけどな。そうだ、智恵ちゃん、残念会やらない？　ふたりで飲みに行こうよ！」

彼氏持ちだと分かって誘っているのだろう。智恵の右手の薬指にはいつも同じ指輪が輝いているし、彼氏の話題もよく口にしている。それなのに、なにを狙っているんだか……。

テーブルを挟んでふたりを見ている私。

心配はいらない。智恵は自分できちんと断れる性格をしているから。

口を挟まず黙っていたら、予想通りに智恵は頭にのった井上さんの手をやんわりと外して、ハッキリと断った。

「彼氏がいるので無理です。私じゃなくて亜弓を誘ってください。亜弓は今、フリーなのでチャンスですよ」

思わぬ返球に、なんで私?と いう気持ちで智恵を見ると、なぜかウインクを返される。

そういえば最近、『亜弓も早く彼氏作って』と言われた覚えがある。その理由は、彼氏とのラブラブな話をしたいけど、私が独り身だと自慢に聞こえそうで話しにくいということだった。『別にそんなふうに思わないし、智恵の恋愛話なら楽しく聞けるよ』と言ったはずなのにね……。

智恵の断り方は井上さんも予想外だったようで、頬の筋肉を引きつらせながら仕方なく私に話しかけてきた。

「平良さん、ええと……行く？　ふたりで飲みに」

「いえ、夜遊びはしないことにしているので」

「そうなんだ！　平良さんは真面目だからな〜。いや〜残念」

井上さんの本音はモロに顔に表れて、私が断ったことにホッとしている様子だった。

その分かりやすいところは嫌いじゃない。なにを考えているのか分からない支社長と話すより気が楽で、案外ふたりで飲みに行っても楽しくお酒が飲めたりして……などと考えてしまった。

紳士的な見た目で、ときどきニヤリと意地悪く笑う支社長。

からかい甲斐があるとは思えない私を、なんでからかってくるのだろう……。

会社での支社長と、店に来る支社長を思い出し、手の甲にキスされたこともついでに思い出して心が乱されそうになる。

首を横に振り、「そんなことより」と話を仕事に戻した。

時刻は十九時になるところ。今日はアルフォルトのステージに立つ日ではないけれど、雑談で残業するのはもったいない。

「来週、大雑把にでも見積もりを立てて、コラボしたいブライダル会社も三社くらいに絞ろうか。あとは企画書にして再来週にでも部長に見てもらうという感じでいい？　今日はもう、このへんにしとこうよ」

この企画の発案者は智恵なので、リーダーも当然彼女。リーダーからの『そうしよう』という締めの台詞を待っていたのに、なぜか智恵は頬杖をついて、じっと私を見つめるだけ。なにか言いたそうな彼女に「なに？」と尋ねると、「うーん……」となにかを迷ってから、思いがけないことを言われた。

「思ったんだけど、この企画の代表者、亜弓にしない？」

「え、なんで？　せっかく智恵が考えたのに」

「そうなんだけど、自信なくて。部長は多分ＯＫしてくれるよ。よくも悪くも適当な人だから。問題は支社長なんだよね。亜弓ならお気に入りだし、企画も通るんじゃないかと思って」

井上さんが、私とのふたり飲みを提案されたときより、もっと驚いた顔をした。「平良さんが支社長のお気に入り⁉　どういうこと？　普通に考えてありえないと思うんだけど」と、失礼な疑問をぶつけられる。

一応女性なんだから少しは言葉に気をつけてよと思いつつも、共感はできる。美人で華やかな智恵ならば、その可能性があるとしても、私は地味で目立たず、男性が隣に置きたいタイプの女じゃないから。

「お気に入りじゃなくて、からかいの対象ですよ」と井上さんに説明したら、急にミーティング室のドアが開けられ、支社長が姿を現した。

「失礼、使用中だと気づかなかったもので」

そういえば、ドアのプレートを使用中に切り替えるのを忘れていた。

ちょうど話題にしていたところだったので、『まさか聞かれてないよね？』と三人揃って冷や汗をかく。井上さんが「お疲れ様です……」と挨拶した後は、誰も口を開かず気まずい空気が漂う。

支社長は『私の噂話ですか？』と問い詰めてくるのでもなく、出ていくのでもなく、テーブルの上の散らかった資料を一瞥《いちべつ》し、それから話し合いをメモしたA４紙を手に取ると、なぜか私の隣の椅子に腰を下ろした。

「これはどういう企画ですか？　亜弓さん、説明をお願いします」

企画に興味を示してもらえた……。それは嬉しいことであっても、まだ支社長に聞いてもらえるような段階ではないし、説明なら智恵からの方が……。

向かいに座る智恵を見たら、『お願い！』という視線を返される。

なんで私が、という気持ちがするけれど、名指しされたこともあり、仕方なく説明を始める。

「畜光ガラスとLED発光ガラスの、知名度上昇と販促を狙ってのプロモーション企画です。クリスマスに……」

企画とも言えない素案の段階なのに、支社長相手にプレゼンしている気分で緊張する。それでいて、智恵のために力を貸してあげたいという気持ちが、いつもより私を積極的にさせ、らしくない熱弁を振るってしまった。

「と、今のところ、ここまでなのですが……どうでしょうか？」

支社長はテーブルの上に用紙を置くと、腕組みをして目を伏せ、無言でなにかを考えている。

その整った横顔を見ながら鼓動が速度を上げるのは、恋の予感ではなく、返事次第でこの企画が立ち消えになるからだ。

企画書にする前の段階で没と言われたら、智恵が落ち込むだろう。だけど、利益に結びつくのか怪しい内容だし、費用もかなりかかるから、やはり無理があるか……。

この後、智恵と井上さんと三人で残念会をする予感がしていたら、支社長がパッと目を開け、私に向けて「やりましょう」と微笑んだ。

「え、この企画で大丈夫なんですか？」

「なかなか、おもしろそうです。観光シーズンの集客効果と話題性もあるので、マスコミにも取り上げてもらえるでしょう。ブライダル会社とのタイアップは、式場を抱えるホテルやレストランに我が社の製品を売り込むチャンスが見えますし、将来的には利益に繋がる可能性を感じます」

口を半開きにして、支社長をまじまじと見つめてしまった。

検討に値するから、とりあえず企画書にまとめて提出しなさいというのではなく、いきなりGOサインが出たっていうこと？　そんなに簡単に決めて大丈夫なの？

驚きを隠せない私を見て、支社長はクスリと笑い、さらに驚く言葉を口にする。

「久しぶりに私も前線で仕事がしたくなりました。この企画、私と亜弓さんで進めましょう」

「し、支社長とふたりでですか⁉」

「はい。これでも忙しい立場にありますので、少数の方が決めやすく進めやすい。あとは手伝い程度のメンバーを、事業部で五名ほど揃えてもらえると助かります」

私と支社長のふたりでという言葉に、嫌な予感がする。最近なにかと私に構うし、退屈しのぎのおもちゃにしたくて、そんなことを言い出したのではないだろうか。

いや……まさかね。責任ある支社長という立場や、この企画の経費を考えると、いくらなんでも私で遊ぶために決裁を下ろしたりしないだろう。

ということは支社長の決断に、末端の部下として従うしかないけれど、智恵はどう思うだろうか？

心配して智恵を見ると、頬が紅潮し、小鼻が膨らんで、興奮が顔に表れている。せっかく考えた企画を、私に奪われるような結果となったことに悔しさはないようだ。それよりも、支社長が私を狙っているとかいう間違った方へ、また考えが向いていそう……。

智恵も異存がないようなので、「分かりました。よろしくお願いします」と、私は頭を下げた。

カタンと椅子を鳴らして立ち上がった支社長は、ブランド物の腕時計に視線を落とす。時間を気にするということは、どうやらこの後も仕事があるみたい。

「それでは亜弓さん、企画書を明後日までに制作して私に提出してください。一応、形として企画書がないと不都合が生じるので」

「明後日ですか⁉」

「大雑把なもので構いません。クリスマスまでには半年しかないので、急がないと間に合いませんよ。では、私はこれで失礼します」

パタンと閉まったドアを見て、私は唖然《あぜん》としていた。

私たちは来年、もしくは再来年の話をしていたのに、支社長は今年のクリスマスにこの企画をやるつもりなんだ……。

簡単に引き受けてしまったことを後悔していた。

これから半年間、支社長と密度の濃い仕事をしなければならない。

会社では振り回され、店ではいつ正体がバレるのかとハラハラして過ごさなければならないのだろうか……。

翌日、「お先に」と帰っていく同僚たちを、残業中の私は自分のデスクから見送っていた。

まだ当分、帰れそうにない。通常業務に加え、明日までに支社長に提出するように言われた企画書作りに追われているから。

ノートパソコンに文章を打ち込んでは消してを繰り返し、頭を悩ませていると、智恵がプリントアウトした資料を私のところに持ってきてくれた。

「はい、ブライダル会社五社の業績と特徴を、比較しやすいように表にしてみたよ」

「ありがとう、助かる。残業してまで手伝ってくれるのは、智恵だけだよ」

昨日のミーティング室にいた井上さんは、手伝う相手が智恵ではなく私に代わると、『悪い、今日は予定が入ってて』と、逃げるように帰ってしまった。

下心で動く男は頼りにならない。やはり持つべきものは女友達だと思っていたら、智恵が腕時計に視線を落とし、困った顔を見せた。

「もしかして、予定あった？　彼氏？」

「うん、実は、一緒にご飯食べる約束してて……。でも大丈夫。遅れるってメールしたから」

居酒屋デートの予定だったという智恵に、何時に待ち合わせていたのかを尋ねると、十九時だと答える。

一時間も過ぎてるじゃない。待ちくたびれた彼氏の機嫌が悪くなり、喧嘩《けんか》別れしましたと言われても責任取れないよ。

「智恵、ありがとう。もういいから、彼氏のところに行って？」

「でも、私の仕事を亜弓に押しつけちゃった感じだから、悪くて……」

「大丈夫。ひとりでやっても、あと一時間もあれば終わるから。ほら、彼氏が待ってるよ。急いで」

あと一時間で終わるというのは、真っ赤な嘘。日付が変わる前に帰れるのかどうかも怪しい感じだ。

智恵がすまなそうな顔をして帰ると、とうとう事業部のフロアは私ひとりになり、キーボードを叩く音が大きく聞こえるほどに静かだった。照明がついているのは私の上だけで薄暗く、さらに三十分が経つと、廊下の明かりも照度を最小まで下げられてしまった。

帰りたいのに、帰れない……。それというのも、この企画を今年のクリスマスに実現させようとしている支社長のせいだ。無理せず、来年の計画にするべきだと言いたいけれど、私ごとき下っ端が、ここのトップである彼に逆らうのは難しい。

「はぁ、疲れた……」

思わず弱音を漏らしたら、コツコツと革靴の音が聞こえて振り向いた。

開けっ放しのドアから誰かが入ってきて、明かりが届く距離まで近づいてくると、支社長であることが分かった。その手には、このフロアの自販機で売られているカップの珈琲ふたつが持たれていて、ひとつを私に差し出すと、彼は「亜弓さん、お疲れ様です」と素敵に微笑んだ。

受け取って「ありがとうございます」と珈琲を口にしたけど、心の中は文句でいっぱい。いつも計画性を持って働く私が、なんで仕事に追われて残業しなければならないのよ、という思いでいた。

その気持ちはどうやら顔に出ていたようで、「こんな時間まで残業させているのは、私のせいですね。すみません」と、彼は一応謝ってくれた。

その後は「どこまで進んでいますか？」と聞かれ、パソコン画面や資料を見せながら、進捗状況や問題点、これからの作業について説明する。

立ったまま、珈琲を飲みつつ聞いていた支社長は、「なるほど、それならあと一時間もあれば企画書は完成しますね」と、サラリと言った。

この人……私の説明を、理解していないのだろうか？　課題が山積みで考えながらの作業だというのに、一時間で終わるはずがないでしょう。

この札幌支社に彼が赴任してから、業績は好調だと聞いている。『若いのに大したもんだ』と古株社員たちも評価しているし、経営者一族という肩書の上に胡座《あぐら》をかいているわけじゃなく、実力のある人なのだろうと思っていた。

しかし、今の『一時間もあれば』という発言で、私の中の彼への評価がガタ落ちし、呆れの視線を向けてしまう。

すると彼は飲みかけの珈琲を私の手に持たせ、ニヤリと笑って「席を代わってください」と言った。

「そんな目で見られると、逆に燃えますね。亜弓さん、時間を計って。私が一時間で終わらせたら、この後、残業するはずだったあなたの時間をもらいます」

一瞬だけ心臓が跳ねたけれど、いつもの思わせぶりな冗談だろうと、すぐに気持ちを立て直す。それに一時間で終わるはずがないから、「分かりました」と、冷めた気持ちでその取引を受け入れた。

カップの珈琲ふたつを手に立ち上がり、隣の席に移動する。

支社長はスーツのジャケットを脱いで背もたれにかけ、白いワイシャツの両袖を二回折り返してネクタイを緩めると、私の席に座って企画書に取りかかった。

できるわけないのに……との考えは、すぐに訂正しなければならなくなる。

キーボード上を超速で走る指には迷いがなく、マウスを華麗に操り、的確な位置に表やグラフを次々と挿入していく支社長。あっという間におよそ三分の一ができあがり、思わず椅子を寄せて画面を覗き込んだ私は「すごい……」と無意識に呟いていた。

その呟きは、彼の耳に届いていないみたい。まるで獲物を狙うハンターのように、怖いくらいに真剣な目をする彼に、不覚にも見とれてしまう。

この人、こういう顔もするのね……。

いつもと違う戦う男の顔に、心が揺れるのを感じていた。

彼を素敵だと思わない女性はいないだろう。こんな私でも、初めて会った一年前も、今も、そう認識している。

しかし彼は経営者一族の御曹司であり、住む世界の違う人。交際相手としての可能性がゼロだから、冷静に客観的に彼の魅力を感じるだけだった。今までは。

嫌だな……この感じ。さっきの『あなたの時間をもらいます』という台詞に、なんらかの意味を持たせようと考えてしまう自分がいる。いつもの冗談にすぎないと分かっているつもりなのに、この心の揺れ方は危険だ。

会話のない数十分の間、支社長は企画書と戦い、私は次第に振り幅の大きくなる心と戦っていた。

不毛な恋心など、抱きたくない。ここで思いとどまらないと、後々泣くのは自分なのに……。

「できました」と言われて、ハッと我に返った。

さすがに疲れた様子の彼は、戦闘モードを解いた柔和な表情で大きな息を吐き出す。

「時間は？」

「あ……二十一時半です」

支社長と席を代わったのは、二十時四十分だったから、わずか五十分で終わらせてしまったことになる。

念のため、企画書を確認させてもらうと、素晴らしいとしか言いようのないできばえだった。

最初の三ページは私が作ったもので、途中から急に質が上がるのが恥ずかしい。この仕事を六年やってきて、それなりに仕事ができると思っていたのに、私はまだまだ半人前のようだ。

驚くほどの実力を見せつけられ、言葉を失っていたら、クスリと笑う声が隣に聞こえる。

「一時間かからなかったですね。それではこの勝負、私の勝ちということでいいですか？」

「はい」と返事をしてみたが、勝負という言葉に引っかかっていた。

私の時間をもらうという話は、いつもの冗談のはず。どちらが実務能力が高いかという勝負なら、完敗を認めるけれど。

わずかに首をかしげると、立ち上がった彼が、紳士的に私に向けて手を差し出す。

「なにか疑問がありそうな顔ですね。亜弓さんの時間をもらう話は、初めに言った通りですよ」

「本気、ですか?」

「もちろん。まずは食事に行きましょう。空腹で倒れそうです」

差し出された手に自分の手を重ねながら、昨日の井上さんの反応を思い出していた。仕方なく私を誘いながらも顔を引きつらせ、断ってくれという心の声がだだ漏れだった。それが普通の反応だと思う。

着飾って客前で歌う華やかなアンならまだ分かるけど、地味で冴えない私と食事に行きたいなんて、どうして……。


外に出ると紺碧《こんぺき》の空に星が瞬いていた。

頬を撫でる涼しい風に、乱された心もいくらか落ち着きを取り戻す。

きっと彼は誰でもいいから食事の相手を探していただけ。上司である彼には気を使うけれど、深夜残業するより遥かに楽だと言い聞かせ、夜道を並んで歩いた。

「五分ほど歩いた場所に、美味しい焼肉屋があるんです。そこでいいですか？」

焼肉か……。そういえばコンビニでも、肉がメインのボリュームのあるものばかり買っていたような。フランス料理や高級な寿司屋を選びそうな見た目なのに、肉食なのは意外だ。それでいて引きしまった体型を維持しているのは、ジムにでも通っているからなのか……。

見えてきた焼肉屋は寿々園《じゅじゅえん》という店で、私も三度ほど事業部の打ち上げなどで来たことがあった。

確かにこの店は美味しい。でも、若干料金設定が高めだし、智恵と女ふたりで焼肉という選択肢はなく、カイトと付き合っていたときは会社に近い店は避けるという理由で、来店の機会がほとんどなかった。

支社長が紳士的に開けてくれた扉から一歩踏み入ると、夕食時はとっくに過ぎているというのに、なかなかの盛況ぶりだ。肉の焼ける音と香ばしい匂いが私の食欲を刺激して、喉をコクリと鳴らしてしまう。

焼肉も、たまにはいいよね。牛タンは塩とレモンで、カルビはタレで。焼肉ならカクテルじゃなくビールをゴクゴクと飲みたい気分になる。

案内されたのは四人掛けの椅子席で、ちょうど店の真ん中辺り。

「亜弓さん、なにが食べたいですか?」と聞かれ、さっき頭に浮かんだ牛タンとカルビ、それと生ビールをお願いした。

「他には?」

「それだけで充分です」

「少食ですね。私はたくさん食べたい人間なので、亜弓さんも付き合ってください。他のものは適当に頼みますよ」

牛タンと特上カルビがそれぞれ四人前、他は二人前ずつのハラミ、ロース、ミスジ、ホルモン、ハツ、レバー……と、どれだけ食べるのよと言いたくなる量の注文に、私は目を丸くする。

ジャケットを脱いでネクタイを緩め、腕まくりして、企画書を作っていたときと同じように戦闘モードに入っているし、今まで知らなかった彼の一面を見ている気分がした。

なんだろう、この気持ち……緊張が解けて楽になっていく。

うちの支社のトップで御曹司ということに、世界の違う人のような気がしていたけど、会社から一歩外に出てしまえば、彼も三十二歳の普通の男性なのだという新しい認識が追加された気分だった。

　運ばれてきた肉を焼き網にのせ、生ビールのグラスを合わせて乾杯した後は、これまでになく話が弾む。

「ということがありまして、納期を一週間早めることができるかと相談したら、部長が……」

「へぇ、なかなかおもしろい対応ですね。事業部は生真面目で固い印象を持っていたんですけど、それは亜弓さんだけ？」

「私、そんなに堅物じゃありません。仕事とプライベートの線引きはきっちりしたいだけで、普段は真面目でもないです」

　主に仕事の話をしながら、目の前の焼き網には次々と肉がのせられ、ビールとともにふたりの胃袋に消えていく。

　気づけば、今飲んでいる中ジョッキのビールは、私が二杯目で彼は三杯目。あんなに頼んだ肉も、残りは追加注文した壺漬けカルビだけとなる。

　支社長につられて、私もかなり食べていた。こんな時間に高カロリーのものを食べては、明日の体重が心配で、「太りそう……」とぼやいてしまう。

　でも、壺漬けカルビは食べたい。これ、すごく美味しいけど値段もかなり高いから、事業部の打ち上げでは全員で三つだけ頼んで、私の口にはひと切れしか入らなかったのよ。

支社長が壺の中から、タレに漬かった二十センチほどの長い肉の塊《かたまり》をトングで引っ張り出し、焼き網にのせた。油が滴《したた》り落ち、炭火がパチパチとはね、美味しそうな香りが白い煙とともに立ち上る。

「そろそろ、食べ頃かな」

彼が肉の塊を、慣れた手つきで大きめのひと口サイズにハサミでカットしていく。外側は軽く焦げ目がついて、中は綺麗なピンク色のミディアムレア。滴る肉汁がもったいないから、早く口に入れないと……。

「いただきます」と箸を伸ばしてカルビを持ち上げたら、向かいから支社長の左手が伸びてきて、私の手首を捕まえる。なんで？という思いで視線を合わせると、彼は意地悪く口の端を吊り上げ、掴んだ腕を引き寄せると、私の箸からパクリと肉を食べてしまった。

「ああ、私のカルビが！」

彼は楽しそうな顔をして、私の手首を捕らえたまま、自分だけ次々とカルビを口に入れていく。

「支社長、私も食べたいです！」

「こんな夜中に焼肉を食べたら太ると、先ほどぼやいていたじゃないですか」

「それはそうですけど……壺漬けカルビはめったに食べられないから、せめてひと口……」

見る見るうちに肉は彼の胃袋に収められ、網の上にはとうとう最後のひと切れになる。それを彼の箸がつまみ上げたのを見て思わず「あっ！」と叫ぶと、彼は笑いながら私の口に入れてくれた。掴まれていた手も離され、口の中の極上の旨みを堪能する。

美味しいけど、たったひと口で終わってしまった……。

ちょうど店員がラストオーダーを聞きにやってきて、彼は壺漬けカルビの追加と生ビール二杯を注文した。

「さすがに私は満腹なので、追加分は亜弓さんひとりでどうぞ」

「支社長は……ときどき、意地悪ですよね」

「そう？　あなたともっと打ち解けたいと思ってるだけですけど」

大人の笑い方をする彼から、その真意は読み取れない。

私なんかと打ち解けて、なにが楽しいというのか。

他の女子社員ならきっと、彼の前では声が半音上がり、かわいらしい笑顔を見せていることだろう。それがない私の態度が不満で、攻略してやろうと考えているとか？

もしくは支社長の相手として可能性がなさそうな私となら、社内で噂になることなく、遊べそうだと踏んでいるのかも。数年後に東京に戻るとき、私なら後腐れなく関係を断ち切れそうだという線もある。

どれにしても、私には嬉しくない思惑ではあるけれど。

焼肉屋を出たのは、二十三時頃のことだった。

会計は支社長がサッと済ませてくれて金額が見えなかったが、二万円以上はいっている気がする。壺漬けカルビは一人前三千円もするし、なんだか急に申し訳ない気持ちが……。

ご馳走してくれた支社長にお礼を述べて、「それでは私はこれで。お疲れ様でした」と背を向けようとしたら引き止められた。

「もう一軒、どうでしょう？　夜景の見えるバーにでも」

夜景の見えるバーか……。デザート代わりに甘めのカクテルが飲みたい気もするけど、中ジョッキのビールを三杯も飲んだので、結構酔いが回っている自覚がある。それにお腹がいっぱいで、これ以上、飲み物さえ入る隙間はない。

そんな説明をする前に、彼がなにかを思いついたような顔をして言葉を付け足した。

「そうだ、夜景よりもっと素敵な音楽が聴けるバーがあるんです。そこに行きましょう。アルフォルトという店を知ってますか？」

その瞬間、ギクリとして酔いがいっぺんに吹っ飛んだ。目を逸らし、「知りません」と答えながら、支社長と一緒にアルフォルトに行ったらどうなるかを想像していた。

マスターはアンに変身する前の地味な私も知っているから、『いらっしゃい。アン、今日は客かい？』と声をかけてくるだろう。そうなれば一貫のお終いだ。副業は望ましくないという社内規則により、もう店では歌えなくなるだろうし、地味ＯＬが夜のバイトをしていたという噂が広まれば、職場にもいづらくなる。

アルフォルトだけは絶対に駄目だと焦りが湧いて、慌てて断りの言葉を探した。

「ジャズには興味がないので、その店には行きません。それに飲みすぎ食べすぎで、これ以上なにも入らないので、今日はこれで失礼します」

頭を下げてから顔を上げると、焼肉屋の外灯に照らされた彼が真顔でじっと私を見ていた。

二軒目を断ったから不機嫌になったのだろうか？　そうとも取れる表情をしているが、どうやら違うようで、彼は私の失言に気づいて追及してきた。

「先ほどあなたは、アルフォルトを知らないと言いましたね。それなのに、ジャズバーであることを、なぜ知っているんですか？」

あ、しまった……。支社長は『素敵な音楽が聴けるバー』と言っただけで、ジャズとは言わなかったのに。

こんな凡ミスをするなんて、やはり私は酔っているみたい。ここからまたアンと私の同一人物疑惑に繋がれば一大事だ。

背中に冷や汗が流れるのを感じながら、なんとかごまかさないと、と必死に言い訳を探して口にした。

「知らないと言ったのは……中に入ったことがないという意味で、ジャズバーだというのは知っていました。友達から、その店の話を聞いたことがあるんです」

この説明で納得してくれるかどうか自信はなかったが、意外にも彼から「そうでしたか」と素直な返事が戻ってきた。

心の中で大きな溜め息をつく。ホッとした後はこれ以上のボロを出さないうちに、早く支社長から離れなければという気持ちになる。

「お疲れ様でした」ともう一度頭を下げて背を向け、歩き出したが、すぐに隣に並ばれた。

「夜も遅いので、自宅まで送ります」

「いえ、大丈夫です。タクシーで帰りますから」

「そうですか。では、タクシー乗り場まで送ります」

同僚ならいざ知らず、『ついてこないで』とは、支社長相手に口にできない。一本向こうの大きな道に出れば、客待ちのタクシーがいるはずで、早くそこに着きたいと、自然と早足になった。

するど大きなストライドで、急ぐわけでもなく隣をぴったりとついてくる彼が、不満気な声色で話しかけてくる。

「亜弓さん、なにをそんなに警戒しているんですか？」

「警戒……なんてしてません」

「へぇ、してないんですか。それは心外ですね」

「えっ？」

客待ちのタクシー数台が見えるところまで来たのに、腕を掴まれ、ビルとビルの隙間の狭い路地に連れ込まれた。光の届かない暗がりでも、支社長の瞳に色気が増しているのが分かる。

驚きと戸惑いの中、彼の左腕で腰を引き寄せられ、右手は顎にかかり、上を向かされた。

「警戒した方が、よかったようですね」

彼がこれからなにをしようとしているのか、この状況で分からないはずがない。

心臓が爆音で鳴り続ける中、精一杯の強気な視線を向けていた。

「支社長の趣味を疑います。見ての通り、私は地味で冴えない女ですよ？」

「そうかな？　少なくとも私の目には、とても美味しそうに映っていますけど。我慢できないので、ひと口、味見させてください」

端正な顔が斜めに傾き近づいてきて、唇が触れた。重なる唇の隙間から彼の舌先が侵入し、すぐに深いキスとなる。

これを味見とは言わないでしょう。

我が物顔で動き回る彼の舌先は、歯列をなぞり、上顎を優しく撫でたかと思ったら、今度は激しく舌に絡みついてきて、快楽で私の思考を麻痺《まひ》させようと企んでいるかのようだ。

早く離れないと、と思っていたはずなのに、逃げる気持ちがどんどん薄れていくのはどうして？

危険が孕《はら》んでいることさえスパイスとなり、より一層キスの甘さを引き立てる。

こんなに美味しくて病みつきになりそうなキスは、生まれて初めての経験。

マズイよ……。惹かれても未来などないと分かっているし、アンの正体を知られるわけにもいかないのに、心のどこかで遊ばれてもいいから流されてみたいと思う、危ない私がいる……。

キスが終わると同時に、私の腰からも腕が離れて自由の身になる。

「ご馳走様でした」と彼はニヤリと笑い、濡れた下唇をペロリと舐めた。

その態度に、やっぱりただの遊びかと、私は心に呟く。

そういえばこの人、アンにも『私だけの歌姫にしたい』と思わせぶりなことを言っていた。

紳士的な言葉遣いに隠された本性は、獲物を選ばない肉食獣ということなのか。

私が知らないだけで、すでに何人もの女子社員が餌食《えじき》になっている可能性もあるし、やはりこの人だけはやめておこう。危険が多すぎる。

「亜弓さん、私と――」

社内とは違う男の顔をして、彼がなにかを言いかけたが、「やめてください」とその言葉を遮った。

「遊び相手なら、どうぞ他で探してください」

そう言い置いてビルの隙間から出ると、点滅中の信号を走って渡り、急いで客待ちのタクシーに乗り込んだ。

「とりあえず、車を出してください」

「はいはい。お客さん、そんなに慌ててなにかあったんですか?」

「いえ、そういうんじゃないんですけど……」

走り出したタクシーが先ほどの路地の横を通過すると、壁に背を預けてこちらを見送る、支社長の姿が見えた。目が合ったのかも分からないうちに、彼の姿は景色とともに後ろに流され、すぐに見えなくなる。

どうしよう……明日からの仕事がやりにくい。

彼との企画は始まったばかりなのに、どんな顔をして話せばいいのだろう。

北へと走るタクシーの中、キスされた唇に触れながら、拒否しなかったことを後悔していた。

姫を助けたナイトにご褒美を

支社長とキスしてしまった日から仕事に追われる日々が続き、あっという間にひと月が過ぎていた。いくら札幌といえども七月に入ると日差しの強さは増して、今日は二十五度を超える夏日だ。

暑いのが苦手なので、早く夏が過ぎればいいと願う。

いや、夏とは言わずクリスマスまで、あっという間に過ぎてくれないか。

そうすれば、こんなにも支社長と顔を合わせずに済むのに……。

十一時過ぎの支社長室には、私と彼のふたりきり。彼は執務机に向かい、私が作成した大通公園の使用許可申請に関わる書類をチェックしているところだ。

目を通し終えると「とてもよくできていますね。さすが亜弓さんです」と褒めてくれて、それから立ち上がった。

「では、これを提出しに出かけましょうか」

紳士的な微笑みを浮かべ、「一緒に」と付け足す支社長。その言い方に、私をからかおうとしている響きは感じられなくても、彼の手から書類を取り上げてお断りした。

「私、ひとりで行きます。支社長のお手を煩《わずら》わせるほどの仕事じゃありませんので」

今年のクリスマスの企画だというのに、大通公園のひと区画を借りる許可はあっさり下りそうだ。

窓口は市役所とは別の建物内にある、みどりの管理課という場所になる。私の知らないところで支社長が根回ししたらしく、前回彼と一緒に担当者を訪ねたときは、『麻宮さん、先日はどうもご苦労様でした』と挨拶されていた。

事実上、もう許可が下りているようなものなので、今日の訪問は書類の提出だけ。あとは判を押してもらえば、役所関係はクリアとなる。だから一緒に出向く必要はなく、さらに言うと、私が彼と行動をともにするのが嫌だった。

ひと月前のキスからは警戒を強め、見えない壁を張り巡らせて接している私。

一方、支社長は以前と変わりなく、思わせぶりな言動も続いていた。

ほら、今も……。

用件は済んだので書類を手に引き揚げようとドアノブに手をかけると、後ろからスーツの左腕が伸びてきて、ドアに突き立てるから開けられない。

彼の右手は私の肩にのせられ、撫でるように下降してウエストに回された。

密着する背中に彼の体温を感じながら、「支社長、ここは会社で今は仕事中ですよ」

と冷たく嗜《たしな》める。

「それは、退社後なら付き合ってもいいという意味ですか？」

クスリと笑う声が耳元で聞こえたと思ったら、彼の唇が耳朶《みみたぶ》に触れた。ゾクリとして肩をビクつかせると同時に、頭に蘇るのはひと月前の濃厚なキスの記憶。

あれは人生で一番美味しく、心が乱されるキスだった。たった一度のことなのに、その快楽の記憶は麻薬のように脳を犯してとどまり続け、気を張っていないともう一度試してみたいという欲望が湧いてしまう。

大きく息を吸い込み吐き出して、心をより一層冷やすと、体に回された腕を静かに解いた。

「私で遊ぶのはやめてくださいと、何度かお伝えしているつもりですが。約束の時間に遅れそうなので、これで失礼します」

先方とのアポイントメントの時間を口にすると、さすがに支社長もこれ以上は引き止めず、「よろしくお願いします」と、私を外に出してくれた。

こういうやり取りを、彼は楽しんでいるのだろうけど、私の心には負担を与えている。

きっぱり拒否することはできるのに、こんなに疲れるのはどうしてなのか。それはおそらく、心のどこかで彼の本気を期待しているせいだと思う。

そんなわけがないと何度言い聞かせても、一点の染みのようにこびりついて離れないわずかな期待。それを上手くコントロールできない私は、自分で思うよりも、大人じゃないのかもしれない……。


その後、ひとりで大通公園のみどりの管理課に出向き、社に戻ってきたのは、ちょうど昼休みに入った時間だった。財布を手に寄ってきた智恵とふたりで、今日はポポスという、徒歩五分弱の場所にあるスパゲティ屋に入る。

中は冷房が心地よく効いて、四人掛けのテーブル席に向かい合って座ると、私は午前中の疲労を溜め息と一緒に吐き出した。

「お疲れ。ほんと、毎日よくやってるよ。支社長って意外と人使い荒いんだね。あ、間違った。亜弓使いが荒いのか」

その言葉は否定しない。この企画が始まった日から彼に振り回されている実感がある。こっちが嫌そうにしていても、無理やり引っ張られて仕事させられている感じ。

でも……私以上に、彼が多忙を極めているのも知っている。今日だって私と一緒に申請書の提出に行こうとしていたけれど、机上には決裁待ちの書類の山があったし、午後は会議が入っているそうだし、彼の秘書のような役割をしている総務の男性社員が『十五時から田川物流《たがわぶつりゅう》との商談を入れてもいいですか？』と聞きに来ていたし……。支社長の体調は大丈夫だろうか？　もし倒れでもしたら、私ひとりでこの企画を進めるのは不可能なんだけど。

注文した和風冷製パスタを待つ間、コップの水をチビチビと口にする。

智恵の労いの言葉に「大丈夫だよ、ありがとう」と答えながらも支社長について考えていたら、そのぼんやりとした表情の意味を誤解されてしまった。

「亜弓、恋する乙女の顔になってるよ。私のことは気にせず、支社長と一緒にお昼を食べてよかったのに」

「え？　違うよ。多忙な支社長が倒れたら、仕事をどうすればいいのかと考えていただけで――」

「隠さなくていいって。亜弓にやっと新しい恋が訪れて嬉しいんだから。あとは支社長がもっとグイグイ来てくれたら、こっちも応じやすいのにね」

いや、これ以上グイグイ来られると、本気で対応に困るからやめて……。

智恵には支社長と焼肉屋に行ったことは報告したけど、キスの話はしていない。思わせぶりな言動についても教えていない。話したらきっと、『ちゃんと告白してもらって付き合いなよ！』と言われそうだから。

そういうのではなく、遊び相手として目を付けられ、からかわれているだけなのに、今、幸せ真っ盛りの智恵には多分、そういう考えは通じないだろう。

智恵は彼氏と将来の話を少しだけしているみたいで、『早くプロポーズしてくれないかな』と照れながらも心待ちにする彼女はかわいかった。

私にも恋愛面での幸せをと願ってくれるその気持ちは嬉しいけれど、支社長とは絶対に無理。遊ばれて捨てられるのも嫌だし、なによりアンの正体を知られるわけにはいかないから。

智恵が納得してくれそうな返答をと考えて、アンのことだけを理由にする。

「店に支社長が来るって言ってたでしょ」

「毎回来るの？」

「そう。私がステージの日は必ず現れる。先週で七回目だよ。バレたら困るから、会社の男性だけは恋愛対象にしない」

そう言ったとき、ちょうど注文したパスタが運ばれてきて、会話の流れを変えることができた。

「明日の土曜日、マスターの誕生日会なんだ」

「去年もやってたやつ？　いいな～私も参加したい」

「智恵は常連客じゃないから無理かも。下っ端の私には権限ないし、ごめんね」

アルフォルトの年行事となっている誕生日会は、日頃の感謝を込めて私たちジャズアーティストメンバーがマスターのリクエスト曲を代わる代わる演奏する。貸切りにした店内に入れるのは、メンバーと従業員と、何年も店に通っている常連客のみ。食べて飲んでジャズ愛を語り、普段はやらない複数ボーカルとか、ドラムテクニックの競い合いとか、内輪だけでとことん盛り上がる。

最近ご無沙汰にしているメンバーも集まるだろうし、私も今からワクワクして、かなり楽しみだ。そのためには明日、休日出勤とならないよう、午後からの仕事をきっちり片付けなければいけないよね……。


翌日の昼過ぎ。光沢のあるベージュのワンピースとパンプス、存在感のあるアメジストのネックレスを身につけた私は、アンの姿で地下鉄に乗車していた。

すすきの駅で下車し、改札を抜けて地上に出ると、眩しい日差しに目を細める。

夜と違い、人通りはさほど多くない。ショッピングを楽しみたい人たちは、隣の大通駅や札幌駅を利用する人がほとんどだから。

市電の走る道を西へ進み、横道に折れて少し歩くと、見慣れた古いビルが見えてくる。その地下に繋がる階段前だけ、数人の男性がたむろして賑やかだった。

「シゲさん」と呼びかけ近づくと、白髪交じりの顎髭を生やしたダンディなおじさんが、私を見てにっこりと笑ってくれる。彼はドラム奏者で、支社長が初めてアルフォルトに現れた日に、私と一緒にステージに立っていた人だ。

「アンちゃん、随分と早いじゃないか。十四時からだよ？　まだ一時間もあるのに」

「なにかお手伝いできればと思って」

「んー、じゃあ店の中に入って、料理並べたりしてもらうかな」

マスターの誕生日会の幹事はシゲさん。会費としての一万円を忘れないうちに支払い、階段を下りてアルフォルトのドアを開けると、アルバイトの男の子や演奏メンバー数人、さらには常連の女性客たちが早々と来ていて、どこかの店で買ってきた料理を並べたり、パーティ風の飾りつけをしていた。

「アンちゃ〜ん、久しぶりー！」

両腕を広げて抱きつき、大げさに喜んでくれるのは、ルミコさん。アルフォルト歴が一番長いジャズシンガーだ。歳を重ねてもルミコさんは決しておばさんにはならず、色気と艶のある魅力的な大人の女性で、その味わいのあるハスキーボイスを含めて憧れている。

「ルミコさん、後で私と一緒に歌ってください」

「いいわよ～。なに歌う？」

始まる前から楽しくて、準備をしながらはしゃいでいたら、「おはよーございます」と聞き慣れた声が後ろにした。振り向くと、黒いTシャツとデニムという、ラフな格好をしたカイトが立っていた。

カイトも当然来るだろうと思っていたが、その顔を見て私のテンションが少しだけ下降する。

睨まないでよ……。

カイトがよりを戻そうと言ってきて、それを断った後、もう一度共演する機会があったのだが、彼が機嫌の悪さを隠さないから嫌なステージになってしまった。

別れて一年も経つし、私の後にも何人かと付き合ったみたいなのに、なぜ今さらギスギスしないといけないのか。

「なにやればいいすか？」と、ルミコさんの指示を仰ぐ彼。

その言い方もやる気がなさそうで、感じ悪い……。

ルミコさんが「寝不足なの？　若者らしくシャキッとしなさい」と彼の背中を叩く

から、周囲に笑いが起きて助かったけど、今日はなるべくカイトに近づかないようにしよう。不機嫌の原因は、私だろうし。

十四時になり、いよいよ誕生日会が始まる。

集まっているのは二十名ほどとまだ少ないが、パーティは夜中まで続くから、これからどんどん人が増え、最後の方はなにがなんだか分からないほどの盛り上がりになるはずだ。始まったばかりの今が一番秩序あるとき。

マイクを手にしたシゲさんが「それでは我らがボスの入場です」と呼びかけると、ドアが開いてマスターが登場する。

その姿に笑いが起きた理由は、すすきののシンボル、十字街《じゅうじがい》ビルの交差点に昔から掲げられているウイスキーのキャラクターのコスプレをしていたから。右手に麦の穂を持ち、左手にウイスキーのテイスティンググラス、羽帽子を被り、つけ髭までして、なかなか手が込んでいる。

去年はフライドチキンで有名なあのおじさんの、白ずくめの格好で現れたっけ。

拍手が湧いて、マスターが少し照れながら挨拶し、生ピアノ伴奏つきのバースデーソングをジャズバージョンで歌い、ケーキのロウソクの火を吹き消した。

誕生日会らしい一連の流れが終わった後は、さあ、お待ちかねの生ライブの始まりだ。それぞれの楽器を手にステージに立ち、代わる代わるマスターのリクエスト曲を演奏するメンバーたち。『But Not For Me』『All of Me』『Blue in Green』……。男性ボーカルの渋くて甘い声にうっとりと聴き入る。

次はルミコさん十八番の古い名曲で、アップテンポのリズムに私も体を揺らして楽しみ、ワインを飲みつつ、やっぱり格好いいなと思って聴き惚れていたら、途中で「アンちゃん、おいで！」とステージに呼ばれた。

準備中に、一緒に歌いたいとお願いしたのを覚えてくれていたみたい。

ルミコさんの隣に立ち、一本のスタンドマイクに向けて、交互に歌う。ときどきルミコさんが上手にハモってくれたりして、興奮を抑えられない。

私たちの歌を支えているのは、ピアノとドラムと、カイトのアルトサックス。間奏部分でカイトが主役になると、ルミコさんが肩を抱くようにして彼を前に連れ出し、私の横に並ばせた。

カイトと肩が触れ合い顔を見合わせると、準備中に私を睨んでいたその目が、今は笑っていた。どうやら機嫌は直ったみたい。カイトも私と同じくジャズを愛し、この店もマスターも大切で、こんな楽しい時間まで拗ねて台無しにするほど子供じゃないということか。

その後、単独でも三曲歌わせてもらい、楽しい時間は早めに過ぎていく。

誕生日を祝いに駆けつけるメンバーや常連客は、夜に近づくとともにどんどん増えて、十八時になった今、店内にいるのは五十人ほど。酔いも手伝い、うるさいほどに賑やかだ。

マスターはステージに近い四人掛けのテーブル席に座っていて、やっと空いた隣の席に私が座ると、目を細め、持っていた黒ビールの小瓶と私のグラスを合わせて乾杯してくれた。入場時のコスプレ衣装は脱いで、いつもの黒ベスト姿で、「アン、楽しんでるかい？」と優しく笑う。

「はい、とっても。マスターの誕生日を毎年楽しみにしてるんですよ。できれば年に二、三回に増やしてもらいたい気持ちです」

「おいおい、そんなに早く歳を取らせないでくれよ」

声をあげて笑うマスターは、昨日、六十八歳になった。

常日頃、自分のことをジジイ、老いぼれと表現するけれど、そんなことはない。いつも黒ベストを格好よく着こなして、オールバックの髪に交じる白髪も、目尻の皺も、老いというより貫禄《かんろく》を感じさせる素敵な男性だ。

若い頃はきっとイケメンで、さぞ女性にモテていたことだろうと思ったら、なぜか頭に支社長の顔が浮かんだ。

こんな楽しい時間に、なぜ思い出してしまったのか……。

今日は身内と常連客だけの集まりだから、支社長への警戒心を解いて、その存在さえも忘れ、どっぷりとジャズに溺れるつもりでいるのに。

そう思ったとき、誰かが私の真後ろで足を止める気配を感じた。「本日はお招きありがとうございます。遅くなりまして申し訳ありません」と紳士的な言葉も聞こえ、ハッとして振り向いたら、支社長が立っていた。いつものネイビースーツにネクタイを締めた姿に目を見開き、「なんで……」と私は呟いた。

彼はスタッフでもメンバーでも、常連客でもないでしょう。店に入れる人数の関係で、お客さんは五年も十年も通ってくれている常連中の常連しか連絡していないはずなのに、二カ月前に初来店した支社長がなぜ招待されているのか。

マスターに視線を移すと、私を見るときと同じように、支社長にも目尻に皺を寄せていた。

「やあ、麻宮さん、来てくれたんだね。この前もらったプレミアレコード、大事に聴いてるよ。やっぱりレコードは昔の息吹を感じられていいよな～。あのお礼が誕生日会なんて悪いけど、生ライブを楽しんでいって」

ということは……私の知らないところでマスターが欲しがっていたレアなレコードを支社長がプレゼントするという出来事があり、そのお礼に常連じゃなくても招かれたということなのか。

来店するたびにカウンターでマスターと楽しげに語らう姿を見せられ、ヒヤヒヤしていた。あまり仲よくなられると、困ることになりそうな予感がしていたけれど、それがこういう形で当たったということなのか……。

スーツ姿の彼にマスターは「休日も仕事かい？」と聞いている。

「ええ。ここのところ業務量が増大していて、休日も出社しないと終わらない日々が続いています」

「商売繁盛。忙しいのは大いに結構じゃないか」

「そうですね。ありがたいことだと思っています」

仕事だったと聞いて、私も出社した方がよかっただろうかと考えてしまった。でも支社長に指示されたことはスケジュール通りにこなしているし、今日の彼の仕事は、私とのプロジェクトとは無関係かもしれないから……申し訳なく思う必要はないか。

支社長はマスターと話すばかりで、私には話しかけてこない。今のうちに他の席に移ろうかと思い、腰を浮かせかけたら、曲が途切れたステージ上で、メンバーのひとりがマスターを呼んだ。

「マスター、次、フレディやりますよ。トランペット吹いてください」

マスターはあまり上手くないから、こういう内輪の集まりでだけトランペットを披露する。

呼ばれたマスターは未使用のワイングラスを支社長の手に持たせると、「ここ座って。酒とつまみは適当に持ってきてな」と言い置いて、少年のような笑顔でステージに行ってしまった。

支社長はごく自然な流れという顔をして隣に座り、「マスターがトランペット奏者とは知らなかったな。アンはもう歌ったんですか?」と話しかけてきた。

逃げ道を塞がれた気分……。

作り笑顔で心に溜め息をつき、白ワインのボトルを手に取ると、彼のワイングラスに注ぐ。

「私は四曲歌わせてもらったので、しばらく出番は回ってこないと思います」

「それは残念。今日はアンの歌を聴くために駆けつけたんだけど……違いますね、〝今日も〟と言うべきでした」

白ワインのグラスを持ち上げる支社長に「乾杯しましょう」と言われ、私も赤ワインの入ったグラスを手に取り、カチンと合わせた。

魅惑的な笑みを浮かべて私と視線を絡め合い、今日は初っ端から色気を抑えずに攻めてくる彼。

シンガーとして評価する褒め言葉なら喜ぶところだが、この人の場合、きっと違うだろう。今、彼の頭の中ではどうやって私を落とそうかと、企んでいそうな気がしてならない。

会社では地味OLの亜弓に迫り、ここでは華やかなアンですか、と呆れてしまう。彼に女性関係の噂は聞いたことがないけれど、隠れて上手く遊んでいそう。

紳士の皮を被った肉食獣。一体今までどれくらいの女性を、毒牙にかけてきたことか……。

そんなふうに彼を非難することで、その色香に惑わされることなく、自分を保って会話を続ける。

マスターにプレミアレコードをプレゼントした経緯を彼から聞いて、マスターがコスプレして登場したことを私が教える。それと、今ステージ上にいる演奏メンバーのことなんかを適当に話した。

ここでは私はスタッフで、彼は客。主導権は握らせずに、会話の流れを当たり障りなく作っていた。

するとは彼は「今日は随分と雄弁ですね」と薄く笑う。

「これまで、私に興味がないという顔をして、あまり言葉を交わしてくれなかったのに、どういう風の吹き回しですか?」

その言葉にギクリとする。

彼が二回目に来店したとき、支社長室に忘れた抹茶プリンを渡されて肝を冷やした。結局、正体がバレていたわけじゃなくてよかったけれど、ボロを出さないために、三回目の来店以降は、呼ばれても椅子に座らず挨拶程度で店を出たり、前もってマスターにステージの後に予定があると伝えておき、挨拶もせずにそそくさと帰ったりしていた。だから彼に『興味がない』と思わせたのも無理はない。

「別に、そういうつもりはなかったんですけど……」

私の方が優位に立っていたはずなのに、いきなり逆転されて言葉に困る。

アルフォルトは、店を支えてくれる常連客を大切にしている。その常連と等しく招待されたこの人を邪険に扱うわけにいかないし、すっかりマスターに気に入られてしまった今の彼には、アンという商品を悪く思わせるわけにはいかない。

目を泳がせ、グラスに残ったワインを一気に飲み干す私。

そのグラスに彼は赤ワインを注いでくれて、余裕の表情でクスリと笑う。

「アンと距離を縮められた気がして嬉しいです。これからも、もっと私と会話をしてください」

「はい」と言わされ、心の中で『ヤラレタ』と呟く。

常に私より一枚も二枚も上手《うわて》な支社長。会社の外であっても、その関係は変えられないみたい……。

会話の主導権を取られた後は、いつからこの店で歌っているのか、出演のない夜はなにをして過ごしているのか、地元は札幌なのかなどの質問をされる。

不思議と『本業は?』と聞かれない。月に三、四回の出演だけで食べていけるほどの稼ぎがあるとは、まさか思っていないだろう。一番聞かれそうな質問がこないことに疑問を抱きつつも、身バレに繋がらない質問ばかりなので緊張せずに返事ができる。

彼が次に口にした話題は……。

「今日はいつもと衣装が違って、控えめですね」

そういえば、太ももまでスリットが入っていたり、背中や胸の谷間が見えるセクシーなドレス姿のアンしか、彼は知らない。マスターの誕生日会では私が主役のようなドレスは着られないからこの格好なのだけど、男性の目からすると、物足りなく期待外れに映るのかもしれない。

それでも『控えめ』と言われるほどではないと思う。ベージュの膝丈ワンピースは光沢のある生地で、亜弓のときには身につけない服だし、存在感のあるアメジストのネックレスはステージ用のもので派手。それに加えて濃いめのメイクで、ミルクティ色のウィッグを被っていれば、割と目立つ姿だと思うのに。

思わず自分の服に視線を落とすと、「今日はアンの普段の姿を見られて、得をしました」と彼は言った。

ああ、物足りないというのではなく、いい意味で服装について話題にしたのか。でも、『アンの普段の姿』という表現は間違えている。普段というのは、地味な亜弓の方しか存在しないから。

心の中でそんな反論をしていたら、後ろから頭に誰かの手がのった。くしゃくしゃと撫でられ、ウィッグが取れそうで慌ててその手を払って振り向いたら、そこにいたのはカイト。外国銘柄のビールの小瓶を持つ彼の白目は、充血していた。

げ……酔っ払い。

カイトはそれほどお酒に強くない。ビールだと中ジョッキ四杯が限界で、管《くだ》を巻いた後に寝てしまう人。付き合っていたときに、上限を意識して楽しく飲めとあれほど言ったのに、私の注意はもう頭に残っていないのか。その赤い目は、限度を超えていることを物語っていた。

　酔っ払いのカイトは払われた手を私の肩に回し、中腰で体重をかけてくる。「重いよ」という私の文句は無視されて、ヘラヘラ笑いながら支社長に言った。

「イケメンくん、騙されんなよ～。これ、アンの普段着じゃねーし、普段は地味でバくさい色のパーカーとか着てっから」

「か、カイト‼」

　他のお客さんには地味だとバラされてもなにも困らないが、支社長の前だけは駄目。初めての来店時に持たれた疑惑が、再燃したらどうするのよ。

　慌てて立ち上がると、私に体重を半分預けていたカイトがよろけた。

「ちょっと来て。酔い覚ましに行こう」

　カイトの腕を両手で捕まえて、引っ張るようにしてドアへ向かう。

　店の外の通路に出ると「すみません、今日は入れないんですか？」と若い女性客ふたり組に声をかけられた。見覚えがないので、常連客ではない。

「ごめんなさい。今日は貸切りなんです」と営業スマイルで受け答えをして、カイトを引っ張りエレベーターの前に行く。

とりあえず、支社長から離れたい。どこかでカイトに事情説明と、口止めをしておかないと……。

「アン、どこ行くんだよ」

「いいから、一緒に来て」

上りのエレベーターに乗り込み、適当に九階を選んで押した。一階で止まったエレベーターは、他の客を数人乗せて再び上昇し、私たち以外を三階で降ろした。

九階に着くとカイトの手を引き、廊下を進む。シンと静かな廊下はコンクリート剥き出しで、夏なのに寒々しい印象を与える。

このフロアに看板の明かりを灯しているのは二軒だけ。『スナック紫《むらさき》』と『スナック幸子《さちこ》』。この二軒はきっと古くからの固定客がいて経営が成り立つのだろうけど、他の店は潰れてしまったようで、ドア横の吊り看板の、消された店名の名残が寂しげだった。

誰も通らない通路を奥に進みながら、話ができる場所を探す。

通路の角を曲がると、【誠に勝手ながら七月八日をもって――】と閉店の知らせを貼りつけたドアを見つけた。それは昨日の日付で、吊り看板にはまだ店名が残されていたまま、明かりだけが消されていた。

ワインバーか……。閉店したということは、おそらく日中に店を片付けていたことだろう。うっかり鍵を閉め忘れたりしていないよね？

そう思ってドアの取っ手を引っ張ると、思った通り開いた。中は真っ暗で誰もいない様子。悪いと思いつつも、少しだけと言い訳して場所を借りることにする。

入口横の電気のスイッチを押すと、広さ十畳ほどの狭く細長い店内は、L字型のバーカウンターがあるだけ。棚の中身は空っぽで、残されているのは荷造り用のビニール紐とガムテープ、段ボール箱くらいだ。

ドアが開いていたのは、うっかりではなく、盗られるものがないからなのかもしれないと思い直す。それでも施錠するべきだと思うけれど。

カイトはカウンターの真ん中の椅子に座ると、「なんだよ、俺とふたりになりたかったのか？」とヘラヘラ笑って聞く。私は立ったままで壁に背を預け、酔っ払いの赤い目を見据えて、まずは注意をした。

「飲みすぎ。この後はノンアルコールビールにしときなよ」

「うるせーな。なんでお前の言うこと聞かなきゃなんねーの？」

そう言われると、そうかもしれない。一年前までなら、彼女として注意する権限は持っていたが、今は友達とも呼べない希薄な関係だし。

　カイトの反論も一理あると思ったので、飲み方についてはこれ以上口出しせず、本題に入った。

「さっきのお客さんに、私の素顔について話すの、やめてほしいんだけど」

　端的に用件のみ伝えると、カイトは馬鹿にしたように鼻で笑った。

「へぇ、俺のときには平気でダサイ格好してたくせに、あいつの前じゃ隠したいのか」

「嫌な言い方しないでよ」

「ああいう紳士面した奴は大抵、上手く遊んでるぞ。お前がマジになったって、本命はどこかのお嬢様なんじゃねーの？」

　カイトはなにかを勘違いしている。私は別に支社長を狙っているから、地味な本性を隠したいわけじゃない。

　それ以外の、陰で遊んでいそうだという意見には同意するけれど。

「違うよ。狙ってるんじゃなくて、あの人、勤務先の支社長なの。私が部下だとまだ気づかれてないけど、副業が会社にバレると色々とマズイから……」

　だから本当は店に来てほしくないのに気に入られて、逆に困っているのだと説明した。

大人しく、生演奏とお酒を楽しむだけならいいとしても、私と親しくなろうと企んでいる気がして焦ってしまう。いつの間にかマスターを手懐けているし……そうだ、マスターにも口止めしておこうか。いや、私の勤め先は教えていないから、うっかり話題に出されないよう、かえって事情説明しない方がいいかな。

私が真剣に困っているというのに、カイトはなぜか声をあげて笑っていた。

酔っ払いには、なにを言っても無駄か。口止めはまた後日に……そう思ったら、カイトが椅子からふらりと下りて、一歩で距離を詰めると、私の顔横に両腕を突き立てた。

「この手は、なに?」

「壁ドンってやつ、女はみんな好きだろ」

「私は好きじゃない」

カイトは善人でもないが、悪人でもない。年長メンバーにかわいがられる存在で、本業の電気整備技師の仕事は真面目にやっている。付き合いたてのときは私の好みに合わせたデート場所を選んだり、デートのたびにちょっとしたプレゼントをくれたり、私が風邪をひいて寝込んだときには、栄養ドリンクや果物を買ってくるなど優しい一面も見せていた。

カイトは本来そういう人だけど、酔っ払いの赤い目をした今は危険な雰囲気が漂っている。カイトとなら、ふたりきりでも平気だと思ったのは判断ミスだったのか……。ドクドクと心臓が嫌な音を立てる中、酒臭い息が顔にかかる。ハッキリと危険を感じる至近距離で、カイトは取引を持ちかけてきた。

「あいつにお前の正体はバラさないでやる。その代わり、ヤラせろよ」

なんで……。

抱いたことのない女性を抱いてみたいという男心なら理解できるけど、私は元カノ。私の体なんて知り尽くしているはずなのに、なぜ抱きたいと思うのか。

その要求に疑問を感じるとともに、不快感に顔を歪めたら、彼はさらに距離を詰めてきて、数センチの距離で舌舐めずりした。

「いろんな女を抱いたけど、お前が一番気持ちよかった。よりを戻すのが嫌なら、俺がヤリたいときにヤラせろよ。あいつにバラされたくないんだろ？」

卑怯者……。これはお酒のせいだと思いたい。私の知っているカイトは、こんな最低な男じゃなかった。そう、すべてお酒が言わせていることで、酔いが覚めればきっと謝ってくるだろう。しかし例えそうだとしても、今、窮地に立たされている状況に変わりはなく……。

睨むだけでなにも言えない私を、カイトはまた鼻で笑い、キスしてきた。

唇を引き結び、中への侵入を拒んでいると、唇を離した彼に舌打ちされる。

逃げないと……と思い、身を屈めて脇をすり抜けようとしたら、右腕を捕られて背中で捻られ、壁に正面から押しつけられた。

「カイト、やめてよ」

「逃げないなら、やめてやる」

「逃げない」

「アンは嘘つきだよな。俺に惚れてるって言ってたくせに、自分勝手に終わらせやがって……」

壁に頬と胸を押しつけられた姿勢で、カイトの左手がスカートをまくり上げようとするのを感じていた。焦りながら一メートルほど横にあるドアを見て、なんとか脱出できないかと考える。

右腕は背中に回されて押さえられていても、左手は動かせるから、ドアノブに手が届けば開けられる。

ジリジリと横にずれる私。もう少し、あと三十センチ……。

そのとき、ドアが外側からコンコンとノックされる音がした。マズイと、今度は別の意味での焦りが湧く。

この潰れたワインバーのオーナーが、後片付けに戻ってきたのか？　それとも、このフロアに入っているスナックのママかその客が、物音を不審に思いノックしているのか？　どちらにしても、不法侵入しているのがバレてしまう……。

カイトも同じ予感がしたようで「ヤベェ」という声を耳元に聞いた後は、私の腕を拘束する力が緩んだ。

もう一度ノックが聞こえ、今度はその直後にドアが開けられた。

ビクリと肩を揺らす私たちの前に現れたのは、このバーのオーナーでもスナックのママでもなく、支社長で……。

初めて見るような険しい顔をした彼は、カイトの手から私を奪うように引き寄せ、スーツの腕の中に入れた。

目の前には彼の白いワイシャツの襟と、男らしい首筋。微かに甘くてセクシーな香りもして、突然踏み込まれた驚きとともに、私の心臓を忙しくした。

抱きしめられているので後ろの様子は見えないが、どうやらカイトは私より早く驚きから回復したようで、舌打ちの後に支社長に文句を言う。

「なんだ、あんたかよ。びびったじゃねーか」

「私も焦りました。アンが襲われている予感がして。それは概《おおむ》ね当たっていたようだけど」

見えなくても、男性ふたりが睨み合っているような険悪な空気を肌に感じる。

支社長のお陰でカイトに乱暴されずに済んでも、『助かった』とホッとはできない。

酔っ払いの上に不機嫌なカイトが、今ここで私の正体をバラすのではないかと不安が押し寄せていた。

焦りから手が震えそうになり、思わず支社長のスーツを握りしめる。すると背中を撫でられ、「大丈夫ですよ」という優しい言葉が耳をくすぐった。

違うのに。カイトに怯えているのではなく、秘密がバレてしまうことを恐れているのに……。

後ろで煙草の箱を取り出し、カチッとライターが点火される音がした。

「あんた、アンに惚れてんの？　それとも、遊び？」

「遊びのつもりはないとだけ答えてあげます。まだ彼女に伝えていないのに、先に君に言わなければならない理由はない」

「ふーん。一応、マジなんだ」

自分の心音が耳元に聞こえるほど、緊張している私。支社長の言葉に頬を染めることも、思わせぶりなことをと非難する余裕もなく、ただバラさないでと、それだけを願っていた。

「マジだとしても、やめといた方がいいよ。こいつは、あんたの――」

ああ、もう駄目だと諦めそうになったとき、一年前までよく嗅いでいたカイトの煙草の匂いが希望を残してくれた。あの頃はカイトが好きだったから、この匂いも好きだった。

付き合っていた頃のように私に情けをかけてくれないかと、支社長の腕の中で体を捻り、縋《すが》る目を向けた。

「カイト……」

ニヤリと口の端を吊り上げていたカイトは、私と視線が合うと急にふてくされた顔になる。秘密を漏らそうとしていた口も閉ざして、無言の中で私と見つめ合った。

「カイト……」

切実な思いを込めてもう一度呼びかけると、目を逸らした彼は、紫煙を天井に向けて吐き出す。

「分かったよ」

吐き捨てるようにそう言って、そのまま私と支社長の横をすり抜け、ドアを開ける彼。出ていくときに「惚れた弱みか……」という独り言が小さく聞こえた。

カイトがいなくなったワインバーの中で、私は大きな溜め息をつく。支社長の腕の中から出て、さっきカイトが座っていたカウンターの椅子に座ると、おまけの溜め息をもうひとつ。

窮地を脱した安堵とともに、カイトへの申し訳なさも感じていた。

カイトは今も、私のことが好きみたい。別れて一年。その後に付き合った何人かの女性たちと長続きしなかったのは、私に未練があったせいなのか。

別れの日に交わした会話が蘇る。

『は？　お前、なにふざけたこと言ってんの？』

『ふざけてない。本気で終わりにしたいと思ってる。もう疲れたの』

『待てって！　なにが気に入らないんだよ。昨日まで一緒に笑ってたのに――』

『笑っていても、ずっと悩んでたんだよ。カイトが好きなのはアンだけで、私じゃないってことに。ごめん、もう本当に無理だから』

思い悩む日々の中で、心に余裕をなくした私は、ああいう別れ方をしてしまった。

今思えば、一方的で強引で、彼に優しくない別れ方だ。別れるという結論は変わらなくても、もっと話し合って、気持ちの整理をつける時間をあげるべきだった。そのツケが、今の私に跳ね返ってきている。

カイトに恨まれているのは自業自得なのだから、彼を責めるのではなく、私が反省しないといけないよね……。

カウンターに両肘をついて頭を抱えていたら、隣の椅子に支社長が座る気配がした。

「亜弓さん」

「はい……えっ⁉」

考えに沈んでいたせいでうっかり返事をしてしまい、焦りと驚きの中で隣の彼に振り向いた。すると支社長は、人当たりのよい笑みを浮かべて言い直す。

「おっと失礼、アン。初来店の日にも言ったけど、知り合いに本当によく似ているから、つい呼び間違えました」

「そ、そうなんですか」

驚かさないでよ……。やっと緊張から解き放たれたところだったのに、心臓が口から飛び出すかと思ったじゃない。

仕返しのつもりで「女性の名前を間違えるのはマイナスポイントですよ」と嫌味を言いながらも、跳ね上がった心拍を宥《なだ》めようと自然と胸に手がいった。

支社長はカウンターに左腕を置き、体は私に向けている。私の反撃を大人の笑みを浮かべて受け止め、「そうですね。名前を間違えるようでは評価を上げてもらえませんね」と言った後、視線を私の全身に流した。

「ところで、私は間に合いましたか？　見たところ、無事なようだけど、彼になにもされてませんよね？」

「あ……はい。大丈夫です。助けてくださってありがとうございました」

秘密がバレるのではないかと、カイトに襲われる以上に焦りを感じたけれど、一応、助けられたことは事実なので頭を下げた。

望まないキスをされたことは、話すべきではないと判断する。しかし、不快なキスだったと思い返したことで、無意識に手の甲で唇を拭ってしまう。

するると支社長が口元の笑みをスッと消して、目幅を狭めた。

「キスされたんですか？」

「え、違い――」

「されたんですね。あなたが今夜眠りにつく際、思い出すのが彼とのキスなのは許せません。上書きさせてください」

言葉遣いは丁寧でも、嫉妬心剥き出しの発言に、私の心臓はまた忙しくさせられる。

椅子から下りて私との距離を詰めた彼は、左手をカウンターに突き、右手で私の顎をつまむと、端正な顔を斜めに近づけた。

目を見開く私は、その胸元を慌てて押して抵抗する。

「支……麻宮さん、待ってください。こんな攻め方は、ちょっと強引すぎて……」

そう言うと、唇の距離数センチのところで彼は動きを止め、すんなりと離れてもとの椅子に座ってくれた。

拍子抜けするほどに素直な対応で、逆に戸惑っていたら、なにかを考えるような顔を見せる彼は、頷いてから口を開いた。

「確かに強引で、これでは彼と同類になってしまいますね。分かりました。私から攻めるのはやめましょう。その代わり、あなたからキスしてもらえますか？　姫を助けたナイトにご褒美を」

お礼ならキスじゃなく、例えばリクエスト曲を歌うとか、次回来店時にお酒をご馳走するとか、他に方法があるはず。

そう思いながらも、コクリと唾を飲み込んだ。

支社長の少し薄めで色気のある唇を見つめると、ビルの隙間で交わした甘美なキスの記憶が蘇り、あの快楽を忘れられない脳が、悪魔のように私に囁く。

『もう一度、気持ちよくなってみない？』

支社長は男性にしては長い睫毛を伏せて、唇を薄く開き、私のキスを座ったまま待っている。

あの美味しいキスを、もう一度。危険を冒して彼の遊び相手になるつもりはないけど、もう一度だけ、キスくらいなら……。

椅子から下りた私は、吸い寄せられるように半歩前に進み出て、彼の肩に両手をかける。背徳感はストッパーにはならずに、私の欲を後押しし、唇を重ねてしまった。

彼の唇の感触をゆっくりと味わってから、誘われるように半分開いた唇の中へ舌先を潜り込ませる。

やっぱり、甘くて美味しい……。

自分を止められなくて怖いほどに、彼とのキスは中毒性がある。

しばらく私の自由にさせてくれていたが、急に彼の大きな手が私の頬を挟んで引き剥がし、十センチの距離で見つめ合った。お互いに上気して、息が熱い。

彼は唇を濡らしたまま、男の顔をして私に言う。

「あなたはいつも私の自制心を破壊する。責任を取ってください」

『いつも』って、なに？　亜弓の方ならいざ知らず、店ではそんなふうに言われるほどの接触はないはずなのに……。

その疑問を口にできなかったのは、唇を塞がれたせい。今度は彼主導のキスで、深く激しく、水音が立つほど濃密で執拗だ。どこかで止めなければと思っても、その気持ちすら快楽に流されてすぐに見えなくなる。

背中に甘い刺激を感じるのは、彼の指先が緩急をつけて複雑な模様を描いているから。合わせた唇の隙間に、たまらず淫らな声を漏らしてしまうと、彼がニヤリと笑った気がした。

ああ、ゾクゾクする……。ワンピースの薄い生地の上からじゃなく、その手で素肌を撫でてほしいと思うほどに……。

やっと唇が離されたのは、数分後のこと。さすがに息が苦しくて、これ以上は無理がある。

彼の首に腕を回したまま、その肩にぐったりともたれかかり呼吸を整えていると、彼の右手がスーツの上着のポケットに入れられるのが見えた。なにか小さな物を取り出した彼に、「じっとしていて」と言われる。

彼の指先が上へと移動し、私の髪に触れるから、ピクリと肩を揺らした。

「動かないでください」

ミルクティ色のウィッグの下は真っ黒の地毛で、髪をかき上げられるのは困ると心配したけど、なぜか左耳のピアスを外されただけ。それから、別のピアスをつけられるような気配がして、やっと呼吸の落ち着いた私は体を離して向かい合った。

見えない左耳に触れて確かめていると、その手を取られ、手の平にふたつのピアスをのせられる。ひとつは今、外されたもので、もうひとつは私のものではない。

つまみ上げると、ゴールドの金具に雫型をした大粒のアメジストが揺れていた。

「綺麗……」

「あなたにプレゼントです。以前、なにか贈り物をと言ってから、その約束が遅くなりました。すみません」

それは多分、抹茶プリンの差し入れをもらったときのことだ。『次回はもっと、気の利いたプレゼントを』と言われた覚えがあるけど、約束したわけではないし、いらないと断ったのに。

アンのファンだと言ってプレゼントを持ってくる客がたまにいる。スイーツや飲み物などの差し入れならお礼を言って受け取っても、バッグやアクセサリーなどの高額な品は丁重にお断りしている。デートなどの見返りを求められると困るからだ。

それでも、支社長からのプレゼントを返したくないと思ってしまうのはなぜだろう。その理由を今は見つけ出せそうになく、心は素直な喜びに支配されていた。

「ありがとうございます」とお礼を言って、右耳のピアスも雫型のアメジストに替えてみた。

私の両耳を見て、支社長も嬉しそうに微笑む。

「今日のあなたのネックレスも、アメジストですね」

「そうですね。偶然なのに揃えたみたい」

偶然と言ってから、違うかもしれないと思い直す。

このお気に入りのステージ用ネックレスは、黒いドレスのときには高確率でつけている。支社長も何度か目にしているはずだ。だから偶然でも適当でもなく、私の好みを理解して選んでくれたのではないかと考えていた。

「アンには紫色がよく似合う。とても素敵です」

さりげなく好みの品をプレゼントしてくれる彼は、大人で魅力的な男性。

上司じゃなかったら、本気で好きになってしまいそう……。

心が流されそうで危うい私は、半歩後ろに下がって距離を取りながら、「大切に使わせてもらいます」と作り笑顔を浮かべていた。

夢物語を味わって

札幌の短い夏は駆け足で過ぎ、十月に入ると肌寒さを感じる。

市内にある藻岩山《もいわやま》も赤や黄に色づき、今月の下旬には初冠雪《かんせつ》となることだろう。

夏の間は忙しくて、目が回りそうなほどだった。支社長と進めている企画は、早急にやらねばならないことが山積みで、どれだけ一緒の時間を過ごしたことか……。支社長室に呼ばれ、ふたりきりになることも多く、思わせぶりな言葉が心に刺さるようになってきていた。

『亜弓さんの肌は綺麗ですね。とても美味しそうで、そそられます』

『もう少し近くに寄ってくれませんか？　かわいい顔がよく見えるように』

心にもない褒め言葉なんて、聞き流せばいい。肩にかけられた手は、振り払えばいい。抱きしめられそうになったら、胸を押し返せばいい。

対処法は分かっていても、恋に発展させたいと願う私が心のどこかにいて、困るばかり。

あの人はアンにも言い寄る、いい加減な人なのに、ググラ揺れるこの気持ちは結構危ない……。

週初めの月曜日、九時から事業部の朝礼が始まり、全員起立して部長の話を聞いていた。

すると視界の端でなにかがコソコソと動くので、気持ちがそっちに逸れてしまう。今出社してきた智恵がそっと入ってきて、中腰で自分の席に向かっているのだ。遅刻とは珍しい。

よほど急いできたのか、髪は少々跳ねていて、昨日と同じオフピンクのスーツを着ている。毎日似たような暗い色味のパンツスーツばかりの私と違って、お洒落な智恵は女性らしい色とデザインのスーツを取っ替え引っ替えしているのに。

こっそり入ってきたつもりのようだが、部長に「杉森さん、時間は守るように」と叱られて、「すみません」と謝る智恵。自分の席にショルダーバッグを置くと、落ち込んだ顔をするのではなく、なぜか嬉しそうに微笑んでいた。

いつもと違う親友の様子に首をかしげつつ、朝礼を終えると仕事に取りかかる。

パソコンのマウスに手をかけたら、ポケットの中でスマホが震える。仕事用としても使っているスマホなので、取り出して確認すると、支社長からのメールだった。

件名は【雪とガラスのマリアージュ企画】で、【亜弓さんにお願いしていた施工業者との契約書、図面、見積書を支社長室まで持ってきてください】という内容だった。

一緒に進めている企画には『雪とガラスのマリアージュ』という綺麗なタイトルがつけられ、大通公園西八丁目をデコレーションする計画が着々と進行中。発光板ガラスで小路を造り、その先に開放的なチャペル風のステージを設けてひと組のカップルに挙式してもらう。

ガラス板の設置を依頼している施工業者とのやり取りは、私が担当するようにと支社長に言われていた。命じられたスケジュール通りに仕事をこなし、ファイルにまとめていつでも提出できる形にしてある。でも……。

スマホをポケットにしまい、溜め息をつく。

支社長室に行きたくない。行けばきっと迫られて、それにいちいち傷つく自分が嫌だ。

また思わせぶりなことを、と呆れて、クールに受け流していた私はもういない。今は彼に心を持っていかれないように必死に堪《こら》えるのが精一杯だ。

青いファイルを手に、支社長室に行かなくて済む理由を考えていた。

呼び出しの手段が事業部の内線電話なら、行かないという選択肢は存在しないが、メールだから気づかなかったふりができる。私が行かなければきっと、支社長が自ら取りに来ることだろう。末端の部下として、それは申し訳ないことだけど、人目のある場所だと抱きしめられることもなく、その方が安全、安心で……。

ファイルの縁に顎をのせて考え込んでいたら、「亜弓」と真横から小声で呼びかけられ、肩をビクつかせた。

「あ、智恵か……。なに？」

「ちょっと話がある。一緒に来て」

ここでできない話とは、プライベートな内容ということだ。

『仕事中だから昼休みにゆっくり聞くよ』と言おうとしたら、腕を引っ張られ、問答無用で廊下に連れ出された。

「遅刻を叱られたばかりでしょ？　気づかれたらまた部長に怒られるよ」

「大丈夫。部長はなんだかんだ言って私に甘いから」

確かに部長は智恵をかわいがっている。六十近いおじさんだから、下心ではなく娘的な感情で見ているのだと思うけど。

支社長に提出するファイルを持ったまま連れてこられたのは、五階フロアの端にある給湯室。広さはわずか二畳半ほどで、小さなシンクとカセットコンロ、食器棚に小型冷蔵庫が入れば、人ひとり分しか空間はない。

その狭いスペースに無理やりふたりで入り込み、ドアを閉めた。

途端に弾けるような笑顔を見せる智恵は、ポケットから小さな箱を取り出すと、

「ジャーン！」と披露した。

指輪ケース……ということは？

「ついにプロポーズされたの？」

「うん‼　昨日の退社後に、フランス料理店に連れていってもらって……」

いつもは安居酒屋なのに、昨日はフランス料理店を予約したと言われて、そういうことなんじゃないかとソワソワしていたらしい。だから智恵に驚きはなかったけれど、彼からのプロポーズを待ち焦がれていたので、『ついにやったぞ！』と、喜びと涙がこみ上げたそうだ。

真っ白なケースを開けて、婚約指輪を見せてくれる智恵。

プラチナリングに輝くダイヤが、眩しいよ。

「つけないの？」と聞くと、「会社ではやめとく。ニヤニヤしちゃって仕事にならないから」と答えた智恵は、頬がピンクに染まってかわいらしい。

「おめでとう。よかったね。式はいつ頃？」

「来年の夏か秋かな。ゆっくり式場選びしたいし。でも入籍は今年中に済ませて、一緒に住もうって言ってるんだ」

智恵がとても幸せそうで、私も幸せのお裾分けをもらった気分になる。最近は心がモヤモヤして苦しかったから、こういう話は明るい気持ちになれてありがたい。

その感謝も込めて「よーし、今日はお祝いしよう！　奢ってあげるよ。どこの店がいい？」と智恵を誘った。

今日は彼との約束がないということで、智恵も喜んで誘いに応じる。

どこにしようかとスマホを取り出して検索し、前に一度ふたりで行ったことのある、すすきののイタリアンか、創作和食の二軒に絞った。

「和食の方は、クーポン付きか。うーん、どうしよう」

「クーポンは気にしないで、智恵の好きな方を選んで。お祝いなんだから」

「じゃあ……イタリアンのブラカリ・ロッソにしようかな」

今日は平日なので、予約なしでも入れるだろう。

場所が決まると、まだ一日が始まったばかりだというのに、もう退社時間が待ち遠しくなる。今日ばかりは値段もカロリーも気にせずに、ワインで乾杯して、好きなものを好きなだけ食べて、幸せなノロケ話をたっぷり聞くことにしよう。

智恵のお陰で憂鬱な気分から解放された私は、気合いを入れてファイルを握り直す。

「よし、ブラカリ・ロッソに行くのを楽しみに、今は覚悟を決めて支社長室に行ってくるかな」

やや大きな声でそう言ったとき、いきなり給湯室のドアが開けられた。

ドアに背中をつけ、体重の半分ほどをかけていたので、支えを失った体が後ろに傾く。

驚いて悲鳴さえあげられずにいたら、転ぶことなく誰かの片腕で支えられた。

腰に回されたネイビースーツの腕を辿って顔を見上げると支社長で、なにかを企んでいそうな笑みを口元に浮かべていた。

崩された体勢を整えても、彼の腕は腰に回されたまま離そうとする気配はなく、突然ドアを開けた言い訳をされる。

「聞き慣れたかわいらしい声がしたと思ったら、やはり亜弓さんでしたか。呼び出しに応じてくれないから、書類を取りに来たんだけど、その手に持っているのは私への提出物ですか？」

智恵は驚きと興奮の交ざった顔をして、私の腰に回されているスーツの腕を見ている。

ここは五階フロアの最奥で、ありがたいことに周囲に他の社員の姿はないが、社内で噂が立ちそうな言動はやめてほしい。

一歩横にずれて支社長の腕から逃れると、その手にファイルを渡した。

「メールの確認が遅くなりました。ちょうど今、急いで伺おうとしていたところなんです」

「それにしては、楽しそうな声が続いていましたね」

げ……まさか立ち聞きしていたの？　話題は智恵のプロポーズだけなので困らないけど、立ち聞きなんていやらしい真似しないで、もっと早くドアを開ければいいのに。

文句は心の中だけにして、「すみませんでした」と業務時間中の雑談を謝った。

智恵が部長に叱られることを心配していたはずなのに、なぜ私が支社長に怒られているのか……。

納得いかない気持ちを抱えて頭を下げると、その上に大きな手がのり、なぜか撫でられた。

「怒っているのではなく、羨ましいと思ったんです。私には友人と呼べる人が、支社内にいないので」

下げていた頭を戻すと、支社長が寂しげな目をしているのに気づいた。

東京本社ならいざ知らず、この支社内に友人は作れないよね。同じ年代の男性は結構いても、去年やってきた経営者一族の上司を、気安く『飲みに行こうよ』なんて誘えないだろうし。

寂しいのかな……。もしかしてアルフォルトに通ってくるのも、アンを落として遊んでやろうと企んでいるだけじゃなく、上下関係なしでマスターと話せるのが楽しいからなのかもしれない。

思わず同情を寄せていたら、急に彼の口の端が吊り上がり、ニヤリと笑った。

「私に同情しているような顔ですね。それなら、今日の昼食は支社長室でご一緒に」

「え、どうしてそうなるんですか⁉」

「寂しい私をかわいそうに思ったんでしょう？　それなら亜弓さんが側にいて、私を慰めればいいという話になりますよね」

「待っ――」

「では後ほど、連絡します。私からの呼び出しには、すぐに応じてくださいね」

反論する時間を与えず、踵を返す彼。優雅な足取りでスーツの後ろ姿が遠ざかり、廊下の角を曲がって消えていった。

私はまた智恵に給湯室に引っ張り込まれ、密室内で尋問タイムに突入する。

「ちょっと亜弓、私に話してないことあるでしょ⁉」

「ない、よ」

「嘘だ！　あんな自然に腰に腕を回すとか、頭撫でるとか、楽しそうな会話の駆け引きとか、絶対に今まで色々とあったでしょ！」

　腰に腕を回されるに至る展開は自然じゃないし、会話の駆け引きを楽しんでいるのは彼ひとりで、私は困らされているんだけど……という反論は聞いてもらえそうにない。興奮中の智恵に壁ドンされて冷や汗をかきながら、「退社後に話すから。ブラカリ・ロッソで」と仕方なく答える。

　とりあえず今は仕事に戻らないと。取引先から午前中に連絡が入る予定だし、長時間抜けると本当に部長に怒られるよ……。


　なんとか残業を一時間に抑えた私は、智恵と一緒にすすきのの雑居ビルの八階にあるイタリア料理店、ブラカリ・ロッソに着いた。

　予想通り、平日の店内は半分しかテーブルが埋まっていない。

　親世代が若かりし頃、人で溢れていたというすすきのも、今はそれほど景気はよくなくて、客の取り合いと値下げ合戦を繰り広げている。でも、客としては空いている店で、手頃の美味しいものを食べられるのはありがたいことだ。

小綺麗で明るい店内には、ボーカルのない往年のジャズが流れている。アルフォルトと違い、音量は控えめで、会話をしていればメロディに意識が向かない程度だ。

通された席は窓際の四人掛けボックス席。安っぽく見えるからボックス席のある店を好まない人もいるようだけど、私はそう思わない。荷物を置きやすく、くつろげて気取っていないところがいいと思う。

ウェイターにボトルの白ワインと、アンティパストの盛り合わせを注文する。

まずはおつまみ程度のもので乾杯して、それからゆっくりとメニューを選びたい。

すぐに運ばれてきた前菜を前に、ふたりのワイングラスを合わせた。

「智恵、婚約おめでとう」

「うん、ありがとう。で、亜弓は？　早く支社長との関係を白状しなさい！」

早速、その話？　智恵の婚約祝いがメインのはずなのに、おかしいな……。

あれから半日、私の話を聞きたくてウズウズしていた智恵は、綺麗な顔の小鼻を膨らませて詰め寄る。

「実は内緒で付き合ってるとか？　告白されたの？」

「まさか、ありえない」

「じゃあ、今朝のアレはなんなのよ」

給湯室前の廊下で、私と関係があるような言動を見せた支社長だけど、結局、あの後顔を合わせることはなかった。『昼食は支社長室でご一緒に』と言ったくせに、【昼から外出予定が入っていまして、また次回に】というメールが十二時少し前に届いた。午前中はずっと迫る昼休みを気にして、通常の二割増しで心臓を働かせていたというのに、拍子抜けもいいところだ。

外出の予定があったなら、なぜあんなことを言ったのか。こっちは、ヒヤヒヤしながら仕事をしていたというのに。まさか、緊張しながら仕事をしている私を想像して、ひとり支社長室でほくそ笑んでいたとか？　なんて性格の悪さだ……。

ドキドキして損したという不満をまだ引きずっている私は、一杯目の白ワインをグビグビと飲み干して、二杯目を手酌する。その勢いに目を瞬かせる智恵は、「怒ってる？」と首をかしげた。

「怒ってない。なんで私が支社長を怒らないとなんないのよ。怒るとしたら……自分に対して。フラフラ気持ちを揺らしてないで、しっかりしなさいって言ってやりたい」

自分を叱りながら、なぜ、こんなにも心が揺れるのだろうと考える。

支社長が素敵な男性だという認識は前々から持っていたが、それは客観的で事実認定のようなものだった。しかし攻められっ放しの今は、大人の色気に翻弄されて、主観的な魅力も感じている。

アンにも私にも、おそらく他の女性にも迫っているいい加減な男だとしても、彼はやっぱり魅力的。彼の攻撃に耐えていられるのは、あんないい加減な男に落とされてたまるかという意地と、アンの正体が会社バレするのは困るという現実のせいで、そのふたつがかろうじてストッパーになっている。

でも、それもいつまで持ち堪えられるのか、怪しいところだ。抵抗することに疲れて、『もうどうにでもなれ』と流されそうな危うい自分が、かなり不安……。

二杯目のワインも一気に半分飲んで息をつき、『聞きたいけど、聞かない方がいいのかな』と迷っていそうな顔の智恵に支社長との関係を教えた。

「二回キスした。地味な私で一回、アンで一回。あとは支社長室に呼ばれるたびに迫られてる感じ。それだけ」

「そ、それだけって……かなりすごいけど！」

目を見開いて驚いてから、智恵はテーブルに身を乗り出すようにして、私に顔を近づける。

「支社長、本気で亜弓のこと好きなんだね。なんで付き合わないの？　さっさとＯＫ

すればいいのに」

「違うよ。交際を求められていないから。あの人は、私で遊んでいるだけで……」

今まで話していなかった彼の攻め方をザッと説明して、私の心の状況も話した。

遊ばれてたまるかという意地で、かろうじて攻撃に耐えていることを。

人に話すと〝かもしれない〟という可能性の話が、〝きっとそうだ〟という確信めいたものに変わる。

彼は魅力的な男性。しかし、紳士的な見た目や言葉遣いとは裏腹に、中身は獲物を選ばない肉食獣。心を許せば遊んで捨てられ、惨めな結果が訪れるのだと。

気づけば話しながら、ワインは二本目のボトルに突入していた。

絶対に惚れないようにしようと決意を新たにして、追加で頼んだパスタやピザ、魚介料理を口に運ぶ。

「振り回されてるなんて格好悪い話、誰にもするつもりなかったけど、今日は聞いてもらえてよかった。心の揺れが収まって、助かる。もう絶対にあの人の色気に流されない」

揺らした気持ちは結局、私らしい地味で現実味のある場所に収まってホッとしていた。

だけど、感謝を込めて微笑んだら、智恵に「そうかな？」と首をかしげられる。

「支社長って人気あるけど、浮いた噂のひとつも聞いたことないよ。だから、亜弓のことは本気なんだと思うけど」

「いや、だからね、地味な私だけじゃなく、アンにも迫ってくるんだよ」

「うーん、気づいてるってことは？　アンの正体を知ってるから迫ってる。そう考えれば、別に遊び人じゃないでしょ」

思いがけないことを言われ、口元に運ぼうとしていたワイングラスが、宙でピタリと止まった。

散々バレないようにと気を使い、ハラハラさせられたりもしたのに、最初からバレてるって……？

智恵は『いいこと言った』と言いたげな顔をして、ニンマリとした笑みを浮かべている。私たちの関係をなにがなんでも恋愛に仕立て上げたい智恵の推測に、はたと考えさせられたが、すぐに却下の運びとなる。

「亜弓とアンが全然違うのは、智恵も知ってるよね？　初来店の日に疑われて驚いたけど、きっぱり否定したら納得したみたいだし、今はなにも言われないよ。それにバレてるなら、副業をやめるように言ってくるはず。仮にも支社のトップなんだし」

私の説明に「そっか」と残念そうな顔をして頷く智恵は、その後に「変なこと言ってごめん」と謝った。

シュンと肩を落とす彼女を見て、私は慌てる。

「こっちこそごめん。今日は智恵のお祝いなのに変な空気にしちゃったね。もう支社長の話はやめよ。智恵の話を聞かせて？　プロポーズの言葉はなんて言われたの？」

それからは智恵の幸せいっぱいなノロケ話の聞き役に徹する。

智恵の彼氏はスマホの画像でしか見たことがないけど、爽やかな好青年風だ。年齢は四つ上の三十二歳で、支社長と同じ歳なんだよね……。

智恵が嬉しそうな顔をして彼について話すのを、素敵だと思い聞いていた。

でも羨ましくはならない。昔から私は周囲につられて恋をしたくなるタイプではなく、素敵だと思う対象人物が現れてから恋愛を意識する。

結婚についても同じ。今、彼氏も、付き合いたいと思う人もいないので、まったくと言っていいほどに結婚願望が湧かない。

智恵の左手の薬指には、社内では外していた婚約指輪が輝いている。ときどきダイヤをいじりながら頬を染め、ふたりで住むためのマンション探しを始めたいと話していた。

そのとき、テーブルの端に置いていた智恵のスマホが震えた。

「あ、マサヒトからだ」と通話に出た智恵は、婚約者と二言三言会話した後に「亜弓、マサヒトも来たいって言うんだけど、いいかな？」と聞いてきた。

その問いに、ワインを飲みつつ左手でＯＫサインを出す私。

親友の結婚相手には興味がある。智恵から話はたくさん聞いていても、実際に会って話さないとどんな人かは分からない。一度会ってみたいと思っていたので、ちょうどいい機会かもしれない。

それから十五分ほどして、智恵の彼氏がやってきた。

「どうも、種田《たねだ》です。突然お邪魔してごめんね。智恵がいつも話す友達に会ってみたいと思ってさ」

会社帰りらしくスーツ姿の彼は、最初から砕けた感じで、智恵の隣に着席した。私は立ち上がって頭を下げ、「初めまして、平良亜弓です。お会いできて嬉しいです」と普通に挨拶する。

種田さんは仕事の関係者ではないし、年上なので、その話し方は別に気にならない。でも私を見た瞬間に、微かに眉を寄せたのは少々引っかかる。

あの表情は、どういう意味だろうか？　華やかで美人な智恵の友人ということで、私にも似たようなイメージを求めていたというの？

あまりの地味さを見下されただけなら、慣れているので平気だけど、自分の婚約者に不釣り合いだから、友人をやめてくれと言われるのは困る。

種田さんの私に対する第一印象が、否定的とまでいかずとも好意的でないことを感じつつ、作り笑顔をキープして、運ばれてきた彼のグラスにワインを注いだ。

一方、智恵はなにも勘づいていないようで、嬉しそうに私との関係を話し出す。

「亜弓には、いつも助けられてるんだ。私の考えた企画が通ったのも、実は亜弓のお陰で……」

雪とガラスのマリアージュ企画について、智恵は感謝してくれる。支社長のせいで私が担当することになり、発案者である智恵自身はほとんど関われずにいるのに、それをまったく不満に思わない彼女を尊敬する。

我が親友ながら本当にいい子。純粋な分、人の悪意に気づかないところがあるのは心配だけど。

失礼ながら、種田さんが智恵に相応しい男性なのかを観察させてもらう。

智恵の話に相槌を打つ彼は、嬉しそうな笑みを浮かべている。私に関する話には、おそらくこれっぽっちの興味もないと思うのに、智恵に体を向けて話を聞く姿勢は二重丸。お互いの話に耳を傾けることは、長く付き合う上で最も大切なことだと思う。

向こうが私を否定的に捉えていたとしても、私は種田さんに好感を持った。智恵の

気持ちを大切にしてくれる人なら、今までの交友関係を壊そうとしないだろうし、な

にも問題はない。

「ちょっと、お手洗いに」

仲よさそうなふたりを前にしていると、ふたりきりにしてあげたい気持ちになって、

一旦席を外す。

今日はとことん飲んで食べて、智恵のノロケ話を聞くつもりだったけど、あと三十

分ほどしたら帰ろうか。お邪魔虫にはなりたくないし。

親友が幸せそうで、私は満足して嬉しく思っていた。どうかこの先もずっと、ふた

りの幸せが続きますように……と願いつつ、温かな気持ちで頬を緩める。

お手洗いに繋がるレジ横の細い通路に足を踏み入れ、思わずフフッとひとり笑いを

していたら、後ろに店のドアが開く音とウェイターの声がした。

「いらっしゃいませ、おひとり様でしょうか?」

へぇ、この店にひとりで来る人もいるんだ。私は無理かな。ランチならいいとして

も、夜はグループやカップル客ばかりで、寂しさを感じてしまいそう。

そんな感想を抱きつつ、通路の奥のドアノブに手をかける。すると、「連れが先に来店しているのですが」という声が聞こえ、ハッとした。

今の声は、支社長⁉

勢いよく振り向くと、通路をひとり客の靴の踵が消えていくところで、誰なのかは分からなかった。

支社長もこの店で誰かと食事を？　いや、まさか……そんな偶然があるはずない。声が似ているだけの別人だと思い直すと、跳ね上がった鼓動も静まっていき、そのままお手洗いに入る。

こんな勘違いをするなんて、最近の私はどうかしている。支社長と濃密に関わりすぎているせいだろうか？と、自分に呆れて溜め息をついていた。

ナチュラルピンクの薄い口紅を塗り直してお手洗いを出ると、足元がふらついた。着いてすぐにワインをグイグイ飲んでしまったのが、少々体に効いているみたい。ここからはセーブしないと、と思いつつ席に戻ると、驚いてバッグを落としそうになる。私の場所に支社長が座っているからだ。

酔いが幻覚を見せているのではなく本物で、『どうして？』と聞く前に、彼が先に口を開いた。

「亜弓さん、遅くなってすみません」

まるで約束をしていたかのような口ぶりに、どういうことかと問いただそうとしたら、今度は智恵に遮られる。

「も～亜弓、支社長が来るって先に教えてよ。すごいびっくりしたじゃない」

ふたりとも、なにを言ってるの？　さっぱり状況が分からないんだけど……。

「どうぞ」と言われて支社長の隣に腰を下ろし、飲みすぎて頭がおかしくなったのかと自分を心配していたら、彼が一見、紳士的な笑みを浮かべて私に言った。

「ブラカリ・ロッソという店名を検索したら、たくさんの口コミが載っていました。評判のいいお店のようですね」

なるほど……。彼の口から店名と検索という言葉が出たことで、自分の頭がおかしいのではないことを理解した。

今朝、給湯室で智恵と話していたときに、私たちは店の名前を何度か口にした。支社長はそれを立ち聞きして、店を調べて勝手に合流したに違いない。呼ばれていないのに誘われたふりをして。

私が呼んだと思い込んでいる智恵は、テンションが三割り増しで上がっていて、種田さんは突然現れた彼女の上司に姿勢を正している。

驚きから立ち直った私は『ヤラレタ……』と心の中で溜め息をつき、渋々、彼とグラスを合わせて乾杯した。

ここで約束していないと言えば、場の空気がおかしくなるのでできない。なにも言えない代わりに棘《とげ》のある視線を向けてみたが、にっこり笑う彼に効果はなく、「色々と追加注文したので、亜弓さんもたくさん食べてください」と言われただけだった。

立ち聞きしていたくせに、智恵の婚約を初めて知ったような顔をして、「それはおめでとうございます」と、支社長はふたりを祝福する。それほど接点のない智恵について上手に褒め言葉を並べ、そのせいで彼主体のいい雰囲気が作り上げられていった。

前々から感じていたが、支社長は言葉巧みな人で、自分のペースに持ち込み、自分の望む方向へと会話を導く技術を持っている。

かなり値段の張る赤ワインを注文した支社長は、種田さんのグラスにそれを注ぎ、追加で注文した大皿の肉料理をみんなの皿に取り分け、会話を導きながら人当たりのよい笑顔を振りまく。

すっかりいい気分にさせられた種田さんは、初めの緊張感を忘れたように、支社長に絡み始めた。

「そうなんですよ。智恵は美人でお洒落で気が利いて、健気なところもあるし最高なんです。智恵の長所をちゃんと分かってくれる人が上司でよかったな〜。でも麻宮さん、手を出さないでくださいよ？　俺のものですから」

智恵が慌てて「なに言ってるの！　そんな目で見られたことないよ」と訴えるも、酔いも手伝ってか、種田さんは「どうかな？」と、挑戦的な目を支社長に向ける。

優雅な手つきでワイングラスを口元に運び、大きなカットの牛肉をスマートな動きでひと口食べた支社長は、紙ナプキンで口元のソースを拭ってから、にっこり笑って言う。

「私には亜弓さんがいるので、どうぞご心配なく」

横から伸びる腕が私の肩に回され、引き寄せられる。仕立てのいいネイビースーツに密着しながら、手に持っていたワインがこぼれそうで私は慌てていた。

「は？　えーと、冗談ですよね？」

思わずそう聞いた種田さんは、正直な人みたい。

支社長は男性から見ても、きっといい男。私のような地味で冴えない女を相手にする理由が見つからなくて当然だ。

「冗談に見えるなら残念です」と答えた支社長に、種田さんは無言になる。

智恵が彼の腕をバシバシ叩き、「亜弓は否定するけど、やっぱりそうなんだよ！」

と興奮していた。

どうにかワインをこぼさずに済んだ私は、今度は密着する左半身に意識が移る。

着衣越しに伝わる引きしまった体躯と、ほのかに香る甘くセクシーな彼の匂い。

次第に高鳴る鼓動と戦いながら、これもいつもの思わせぶりな言動のパターンなんだからと自分に言い聞かせていた。

でも……。

種田さんの視線が、私の顔や上半身に向けられていた。彼の中での私の評価が、急上昇していくのが見て取れる。

地味だけど、よく見れば素材は悪くないかもしれない。お洒落感ゼロだけど、脱げばいい女なのかもしれない。こんないい男に求められるくらいなんだから……そんなことを考えていそうな気がした。

第一印象の方が正解なのに、支社長のお陰で無理やり評価を上げられた私。いつもなら『そんなわけないでしょ』と冷めた感想を持つところだが、今は私も酔っていて、少しだけいい気持ちにさせられる。『見直した？』と言ってやりたい気分だった。

嬉しそうな顔をする智恵は急に立ち上がると、バッグを手に支社長に言う。

「ちょっと用を思い出したので、私たちはこれで失礼します。あとはおふたりでごゆっくりどうぞ」

彼氏を押し出すようにしてボックス席から出た智恵は、私に目配せすると、「明日、飲み代払うから」と言い置いて去っていった。

今日はお祝いで、私がご馳走するつもりだったから、代金はいらないけど……。支社長が来る前は、私の方が気を利かせて早めに帰ろうとしていたのに、なぜか逆になってしまっていた。

ボックス席の同じシートに座る私たち。「私はそっちに移りますね」と言ったら、私の肩に回された左腕を退かそうともせず「なぜ？」と聞き返された。

「なぜって……普通のふたり客は、向かい合わせで座りますよね。それと、この手を離してくれませんか？」

さっきまで少々得意げな気分だったのに、ふたりきりになると急に身の危険を感じるようになる。

それに、さすがにこの歳で、人前でいちゃつくのはどうなのか。ファミレスの高校生カップルじゃあるまいし。

私の言葉に腕を退けてくれた支社長だけど、「向かいには行かせません。せっかく縮めた距離を離されたくないので」と今度はテーブルの下で手を繋がれる。

彼の大きな右手が、私の左手をすっぽりと包み込む。

人から見えなければ恥ずかしくないとはならないし、ふたりとも右利きなのに、これでは支社長が食べにくいでしょう。

「支社長は食事ができなくなりますよ」

「そうですね。じゃあ亜弓さんに食べさせてもらうことにします」

なんで私が……。

『アーンして？』と言っている自分を想像し、顔が引きつる。

そんなキャラじゃないと言っても、支社長にかかれば本当にやらされそう。

それで仕方なく「分かりました。隣にいますから」と答えると、やっと繋いでいる手も離してくれた。

私がお手洗いに行っていた間に、支社長はかなりの量を注文したようで、次々と運ばれてきてテーブルの上は皿でいっぱいになる。智恵たちは帰ってしまい、私のお腹はすでに満たされているのに、この量をどうするというのか。

しかも、牛すね肉の赤ワイン煮込みや、鴨のロースト、ラムチョップ香草パン粉焼きなど、お腹にズシリときそうな肉料理ばかり。

「支社長、ふたりでこの量は厳しいと思います」

事実としてそう伝えたら、「私ならひとりでも食べ切れるけど、亜弓さんは少食ですね」と返された。

ひとりで食べ切れるなんて嘘でしょう、と思う私の横で、支社長はナイフとフォークを美しく操り、大量の肉を次々と胃袋に収めていく。自分で頼んだから無理しているのではないか、強がっているのではないかと思っていたが、彼に苦しそうな様子は微塵もなく、美味しそうに食べ続けている。

それを見ていると、満腹に近かったはずなのに、私にも食欲が戻ってきた。

「あの、その鴨肉、ひと切れもらってもいいですか？」

そう聞くと、「厳しいはずでは？」と嫌味を言いつつも、彼は自分のフォークに刺した鴨のローストを私の口に入れてくれた。

食べさせるという行為はやめてほしいという気持ちは、肉の旨味ですぐに消される。上品な脂の旨味がバルサミコソースの酸味に引き立てられ、そこにレッドペッパーの辛味がアクセントとなり、癖になりそうな美味しさだ。

「こちらもどうぞ」と言われて、またしても彼のフォークから食べてしまったのは、牛すね肉の赤ワイン煮込み。口の中でホロホロと溶けていくような肉質が気持ちよくて、思わずうっとりしてしまう。

「美味しい」と頬を綻ばせたら、彼がクスリと笑う。

「少しは心を開いてくれたかな？」

「え？」

「今日はすみませんでした。昼食に誘っておきながら、仕事の予定が入っていたのを失念していて。その挽回に、こうして駆けつけたんですよ」

私のグラスに赤ワインを注ぎ足しながら、急に謝る彼。形のよい眉はすまなそうにハの字に傾いていても、口元には隠し切れない意地悪な笑みが浮かんでいる。

注いでもらったワインを飲みながら、彼の言葉の裏を読み取ろうとしていた。

数日後のスケジュールを忘れていたというなら納得できるが、今日のスケジュールを把握していないなんて、有能と言われるこの人に限ってありえない。だから私をランチに誘ったのはわざとで、私の心を乱して楽しんでいたというのが正解だろう。

嘘を見破ったつもりでグラスをテーブルに戻すと、横目でジロリと彼を睨んだ。

「違いますよね？　本当はすべて計算の上ですよね？」

ラムチョップに刺そうとしていたフォークをピタリと止めて、無言でこっちを見る彼。その口元は、今度はハッキリと分かるほどにニヤリと笑っていた。

「バレていましたか。そうです。昼のスケジュールを失念するほど、歳は取っていないので」

「私で遊ぶのがそんなに楽しいですか？」

「遊ぶ？　そう取られるのは心外です。どうしたら私に関心を向けてもらえるのかと考えたんですよ。昼休みを待つ間、どんな気持ちでいましたか？　それがキャンセルになり、どう感じましたか？」

それは……。

支社長が体を私の方に向け、真顔でじっと見つめてくるから目を泳がせた。

お昼を待つ間ずっと、支社長室で今日はなにをされるのかとハラハラしたり、柄にもなく胸を高鳴らせていた。ドタキャンメールが届くと、ガッカリして怒りが湧いた。

そういえば、ガッカリしたのはなぜだろう？　彼を拒絶したいのなら、ホッとすべきところなのに。

まさか私……支社長に惚れてしまったの？　アンの正体がバレる危険性があり、かつ遊ばれて捨てられる結果が目に見えている相手に恋を……。

「違う！」

一度置いたワイングラスを掴んで、一気に飲み干した。顔が熱いのは飲みすぎたせいで、胸がドキドキして苦しいのもすべて酔っているせいだと思い込もうとする。

隣からは観察するような視線が注がれていて、それを意識するとさらに心拍数は上昇する。

やめてよ、私を惑わさないで。

胸を高鳴らせるのはアンに変身したステージ上だけでいい。スタンダードな私は、安心安全で地味な人生を歩みたいのだから。

どこかで気持ちを立て直したくて、「お手洗いに――」と立ち上がろうとした。しかし足元がふらついて、シートの上に尻餅をつきバランスを崩す。

通路側に傾く体はスーツの腕によって引き戻され、気がつくと目の前にはネクタイの結び目。

私は、彼の腕に抱かれていた。

「少し飲みすぎたようですね。あなたは注意する側の人だと思っていたけど、それが崩れた原因は？　その答えが私なら、嬉しいですが……」

カイトと付き合っていたとき、飲みすぎないようにと、何度注意したことか。マスターの誕生日会でも、彼女ではない立場で偉そうに注意して、カイトを不機嫌にさせたことを思い出す。

そして、私が飲みすぎを注意する側の人間だと、どうして知っているのだろう？という疑問にぶつかった。しかし、頭は霞《かす》みがかったように思考がまとまらず、答えは導き出せそうにない。

「今日はこのへんにしておきますか。明日は打ち合わせに出かける予定ですし、もう帰りましょう」

「はい」

そうだ、明日は支社長とふたりで、ブライダル会社に打ち合わせに出向く予定。お酒を残すわけにいかないから、帰ったらスポーツ飲料をがぶ飲みして、早く寝ないと。

ふらつく体を支えられるようにして、席を立った。高額な会計は支社長がカード払いしてくれて、それを気にする私には「部下に支払わせると私のプライドが傷つくので」という効果的な言葉をくれた。

その後はタクシーに乗せられ、隣に彼も乗り込む。

運転手に対し、そらで私の住所を告げる彼に驚いたけど、ぼんやりとした意識の中で『なんでも知ってるんだね』という感想だけで流してしまう。

彼の肩にもたれかかり、車窓を眺めながらカーラジオの洋楽に耳を傾けていたら、あっという間に築五年の三階建てアパートに到着した。「今日はありがとうございました。お休みなさい」と挨拶してタクシーを降りると、なぜか支社長も一緒に降りて、私の腰に腕を回してきた。

　この手の意味は、もしかして……。

　戸惑う私に、彼は言う。

「かなりふらついているから、玄関まで送ります。決して上がり込んだりしません。安心してください」

「上がらないんですか？」

「上がってほしいなら喜んで上がるけど、違いますよね？　そういうことは、あなたの心を手に入れるまで取っておきたい」

　夜の暗がりの中でも、その顔に嘘がないのが見て取れる。この状況に付け込もうとする下心は、本当にないようだ。

　二階まで支えられて階段を上り、ひとり暮らしの部屋の鍵を開けて中に一歩入ると、「それではまた明日、会社で」という声が後ろに聞こえた。

　階段を下りる革靴の音。ネイビースーツの背中を見送りながら、結構真面目なんだ、と思っていた。

　私、支社長のことを誤解しているのだろうか？　いや、でもアンにも言い寄っているのは事実だし、これも彼の作戦のうちかもしれないし……。

翌日、秋晴れの空の下をローヒールのパンプスをカツカツ鳴らして会社に向かう。

昨日は私にしては珍しく、ふらつくほどに飲みすぎてしまったが、今朝の体調は悪くない。早く帰宅したことがよかったみたいで、体内のアルコールはすっかり分解されていた。

会社の入っている総合ビルはすぐそこで、道路を挟んで信号待ちをしていたら、「おはよ」と声がして隣に智恵が並んだ。

「おはよう。昨日は気を使わせて――」

「で、どうなったの？　支社長と付き合うことになった？」

私の言葉を遮って目を輝かせる智恵は、あの後に私たちがいい雰囲気になっていることを期待したみたい。苦笑いしながら「ならないよ」と答えると、分かりやすく肩を落としてガッカリされた。

「じゃあ、あれからふたりで普通に飲んでただけ？」と口を尖らせて聞かれたので、青信号を渡りながら簡単に経緯を説明する。

「大量の肉料理を支社長がほぼひとりで食べた後、もう帰ろうという流れになった。それから家まで送ってもらって、上がらずにすんなり帰っていった。あ、昨日の食事代、支社長の奢りだから会ったらお礼を言ってね」

「うん。なんか……健全だね」

意外だと言わんばかりの感想に、私も頷いた。

獲物を選ばない肉食獣なのかと思いきや、昨日の彼は見た目通りの紳士ぶりで、もしや本気で私との交際を望んでいるのかと一瞬だけ考えてしまった。すぐにアンにも迫ってくる人だと思い直したから、彼の作戦に引っかからずに済んだけど。

建物に入れば、その話はお終い。社員の誰かに聞かれて、変な噂が立つと困るから。

総合ビルのエントランスに一歩足を踏み入れると同時に別の話題に切り替えた私たちは、エレベーターホールに向かった。

出勤時間の今、エレベーター前には十人ほどの列ができている。その最後尾に並んで雑談していた。

「それでね、今度の日曜なんだけど、なに着ていこうか悩んでるんだ」

「あれ？　先月も智恵の大学時代の友人の結婚式って言ってなかった？」

「だから困るんだよ。集まる顔触れが先月と同じだから、同じ服で行きたくない。でもまた買うのもね……」

なるほど。私なら同じ黒のワンピースで、ストールやアクセサリーを変える程度でよしとするけど、お洒落な智恵はプライドが許さないわけか。

でもふた月続けてパーティドレスを新調するのは、お財布的に痛いよね。アルフォルト用のステージ衣装でよければ貸すけど……と口には出さずに思っていたら、斜め後ろからポンと肩を叩かれた。振り向くと支社長で、朝に相応しい爽やかな笑顔を向けてくる。

「亜弓さん、おはようございます」

「おはようございます」

「体調はどう？　昨夜あなたの自宅を出た後、やはり朝まで側にいた方がよかったんじゃないかと心配してたんですが」

ギクリとして、とっさに周囲を見回す私。智恵は『あ』の形に開いた口元に手を当てている。

ここはいくつもの会社が入る総合ビルで、幸いにもエレベーターホールにいる人は、私たち以外の全員が他の会社の人だった。

うちの社員に聞かれなかったことにホッとして胸を撫で下ろす。

おそらくそれが分かっていて口にしたのだろうけど、万が一ということもあるので、人前でからかうのはやめてほしい。

口の端が少々吊り上っているところを見ると、私を焦らせて楽しんでいる様子の彼。

やはりこういう人なのだと呆れて、「体調は悪くありません」とだけ答えて背を向けた。

「亜弓さん、今日はふたりきりの時間が長くなりそうですね」と、真後ろに囁き声がする。

「先方との打ち合わせは十四時からです。三十分前に出発して、一時間の打ち合わせの後に戻れば、たったの二時間です」

「二時間では終わらない。打ち合わせの後には色々とやることがあるので。事業部のホワイトボードには、直帰と書いてください」

直帰って……打ち合わせの後になにがあるというの？　そんな話、聞いてないんですけど。

なにを企んでいるのか聞こうとして振り向いたけど、支社長は階段に向けて歩き出していて、もう後ろにはいない。エレベーターには乗らないようだ。

ちょうどエレベーターが一階に到着し、私は人に押し流されるように乗り込んだ。扉はすぐに閉まり、ルックスのよいスーツの後ろ姿が視界から消える。

気になる言葉を残していなくなるなんて、また私の頭を彼のことでいっぱいにしようと企んでいるのか……。あの人は本当に策士だ。

前と同じ作戦に引っかかる自分にも、同じように呆れているけれど。

支社長のことをなるべく考えないようにと戦いながら午前中の仕事をこなし、昼休みも過ぎた。

地味色パンツスーツに黒のショルダーバッグを肩にかけた私は、十三時半に会社のビル前に立っている。そこにアサミヤ硝子の社名をつけた営業車が一台、ハザードランプを点灯させて路肩に停車した。運転席には支社長が座っていて、私は助手席に乗り込む。

目的地は、ブライダルプロデュース会社の『ブライダルハウス・ロマンジュ』。札幌の中心地を南西に逸れた円山《まるやま》という地区にあり、道路が混んでいたとしても、二十分もあれば着くだろう。

ウィンカーを上げて走行車線に走り出た営業車はマニュアル車で、スムーズにシフトチェンジを繰り返し、広い国道に出ると景色がビュンと後ろに流れた。

運転免許を持っていない私は、自由自在に車を操る人を見ると格好いいと感じてしまう。なので支社長をなるべく見ないように、車窓ばかりに目を向けていた。

赤と黄色に彩られたナナカマドの街路樹は、朱色の実をたわわに実らせている。銀杏《いちょう》の木も、半分ほどの葉が黄色に変わっていた。

深まる秋を感じていると、右側から声をかけられる。

「亜弓さん、直帰と書いてきましたか？」

「いえ、十五時半帰社予定と書きました」

車窓に向いたままでそう答えた理由は、打ち合わせ後の予定を説明されていないのに、事業部の上司に直帰の理由を尋ねられても困るから。今朝の発言は、私をからかっただけかもしれないという思いもあった。

なおも隣に顔を向けずに「本当に打ち合わせ後も仕事があるんですか？」と尋ねたら、「ありますよ」とだけ返事をくれた。それでも具体的な説明はなく、「仕方ないですね」と小さな溜め息を漏らされる。

「後で私の方から事業部に連絡を入れておきます。暗くなるまであなたを独占するという連絡を」

思わず運転席側に振り向いて「え!?」と反応したら、ハンドルを握る凛々《りり》しく整った横顔が視界に入り、心までもが反応しそうになる。

クスリと笑われ、慌てて窓に視線を戻し、素直に直帰と書けばよかったと後悔した。まさか『暗くなるまで独占する』とは言わないだろうけど、支社長から連絡が入ることで変に思われないかが少々心配になった。

十五分ほどで円山地区に入った車は、有名な菓子店や商業施設の立ち並ぶ一画にある、ブライダル会社の駐車場でエンジンを止めた。

二階建てのシンプルモダンな白い建物で、一階はウェディングドレスや礼服の販売とレンタルのサロンとなっていて、事務所は二階になる。

打ち合わせのためにここへ来るのは、今回が三度目。雪とガラスのマリアージュ企画では、クリスマスに大通公園の特設ステージで公開挙式をすることになっており、その準備はブライダル会社に全面的にお願いしていた。協力してくれるカップルがやっと決まったという連絡をもらい、新郎新婦との顔合わせと企画説明や謝礼について話すために今日はやってきたのだ。

「アサミヤ硝子の麻宮です。ご連絡ありがとうございました。本日はよろしくお願い致します」

入口で出迎えてくれたのは、この企画に快く協力してくれた花村《はなむら》さんという四十代女性のチーフマネージャーで、支社長の挨拶に続き私も頭を下げた。

これまで二度の打ち合わせは二階の事務所内で行われたが、今回は新郎新婦が来店するので、一階のサロンで話をする予定になっている。

中に一歩足を踏み入れると、乙女の夢が詰まったようなウェディング一色の空間。両サイドの壁際に二百着近いドレスがかけられ、一番目立つ位置では純白のウェディングドレスとワインレッドのカラードレスを着たマネキンが、スポットライトを浴びていた。

奥へと案内されながら、「素敵なドレスですね」と花村さんに話しかける。彼女は営業スマイルで「ありがとうございます」とお礼を言ってから、秋の新作であることや特別なレースを使用していることなど説明を加えた。その後に「平良さんもお年頃ですよね。一度ご試着いかがですか?」と白いドレスを勧めてくる。

「いえ、私には結婚の予定も相手もいませんので、ウェディングドレスは……」

綺麗だと思うけれど、私はウェディングドレスに特別な憧れはない。私の場合そういう気持ちは、彼氏ができて、その人との将来を考えるようになってから初めて湧くような気がする。乙女心が足りなくて申し訳ないが、試着したいとは思わなかった。

白よりはむしろ、ワインレッドのカラードレスの方が気になる。裾の広がりが半分ほどに控えめなら、アルフォルトのステージ衣装として着られそうだと考えていた。

花村さんの勧めに「いつか機会がありましたら、ロマンジュさんにお世話になりたいと思います」と、当たり障りのない返答をする。すると、それまで黙って隣を歩いていた支社長が、営業用の人当たりのよい笑みを浮かべて私に言った。

「その機会とは、意外と間近かもしれないですね」

この人は、なにを言っているのだろう。間近という表現は、長く見積もっても一、二年以内でしょう。今の状況や私の性格からいって、百パーセントないと断言できる。

そのとき来客を知らせるドアベルが鳴り、花村さんが「あら、いらっしゃったようです。麻宮さんと平良さんは、あちらでお待ちください」と言い置いて、来客の対応に向かった。

私たちがパーテーションで仕切られた応接スペースで待っていると、花村さんに連れられて、新郎新婦が姿を現わした。

若い……それが第一印象。ふたりとも十代と見紛うような容姿をしていて、そのことにまずは驚かされた。

そんな私の横では、動じない支社長が名刺を取り出して挨拶していた。

「アサミヤ硝子の麻宮と申します。このたびはご結婚の運び、誠におめでとうございます。なお、我が社の企画にご協力いただきまして、厚くお礼申し上げます」

私も名刺を取り出して、同じような挨拶をする。

楕円形のガラステーブルを前に新郎新婦が着席するのを待って、私たちも向かい側の白い椅子に腰を下ろす。それから企画説明用の資料をショルダーバッグから取り出し、テーブル上に広げながらも、イメージしていたカップルと違うふたりに、まだ戸

さ
せ……なくて済むように、「遼くん、人生四枚目の名刺、もらっちゃった！」とはしゃぐ女性は、鈴木《すずき》夢《ゆめ》さん。年齢は二十歳で、ファミレスでアルバイトをしているという。

彼女の言葉に「四枚？ 俺なんかもう二十枚持ってるし。社会人だし」と自慢する彼は、山田《やまだ》遼《りょう》さん。年齢は二十一歳で、工務店勤務だという。

ちなみに入籍は、この企画に参加した後の予定らしい。

ふたりとも、とてもラフな今時の若者風スタイルで、その容貌や話し方が年齢以上に子供っぽいことから、企画への参加意思を再度確認したくなってしまった。ストレートに言うと『本当に結婚するの？ ふたりで将来について真面目に話し合った？ 途中でやっぱりやーめたと言わないよね？』ということなのだが、さすがにそんな失礼はできないので、言葉を選ぶ。

「おふたりは、いつ頃ご結婚を意識されたんですか？」

すると彼女の方が「九月十八日の、私の誕生日です！」と、張り切って答えてくれて、その後に口を尖らせた。

「誕生日だから遼くんが居酒屋で奢ってくれて、プロポーズしてくれたんですけど、次の日の朝、酔ってて覚えてないって言うんですよ。私、すっごく嬉しかったのに、ひどくないですか？」

ということは、結婚の話が出たのはほんの半月前ということで、しかも酔った勢いとは……かなり不安。

それに対して彼は、彼女の肩を抱き寄せてご機嫌を取りながら、言い訳を始める。

「いや、でも俺、マジで夢に惚れてるから。結婚したいとマジで思ってるし、結果、金もらって結婚式できるって話だし、なんかマスコミも来るっていうし、マジでこれでよかったたって思ってるから。な？」

マジで心配なんですが……。

カップル探しは全面的に花村さん任せ。なぜこのふたりにしたのかという非難を込めて見てしまうと、花村さんは困ったような笑みを浮かべて取り繕うように言う。

「山田様と鈴木様は、急なお話を快く引き受けてくださって、本当にありがたいことです。他のお客様にもお声をかけさせていただいたのですが、なかなかいいお返事をいただけず……」

なるほど。このふたりしか協力者が見つからなかったということか。

考えてみると、今年のクリスマスという急な日程や、大勢の観光客や見物人に見守られての結婚式。加えてマスコミの取材もＯＫのカップルを探し出すのは、難しい作業だったのかもしれない。

花村さんの苦労を今初めて知って、責める気持ちは消え失せた。

それでもこのふたりで進めていいものかという懸念は消えず、隣に座る支社長を見ると、『大丈夫ですよ』というように、にっこりと頷かれた。

どうやら支社長は、問題なく企画が進められると考えているみたい。私は末端の平社員だし、彼がそう判断するのなら、従うのみだけど……。

それからは企画について丁寧に説明し、本番までの段取りやスケジュールを相談、調整して今日の打ち合わせは終了となる。

店の外までふたりを見送り、その姿が完全に見えなくなると、花村さんが「すみません」と謝ってきた。

「やはり不安をお感じになりましたよね。もっと確かなお客様をと探してはいたのですが、見つからないままに日にちが過ぎて、私も焦ってしまいました。あと三カ月もありませんし……」

本番まで三カ月を切っていて、ここがタイムリミットだったということみたい。

スタンダードな結婚式だと式場の確保や招待状の発送など、どんなに遅くても半年前には動き出すそうで、そう考えると、よくギリギリまで協力者探しを頑張ってくれたと、花村さんに感謝の気持ちが湧いてくる。

　申し訳なさそうにしている彼女に支社長は「いえ、ご苦労されたことは我々にも伝わっております。ご協力に感謝しております」と労いとお礼の言葉をかけ、それから紳士的に微笑んだ。

「大丈夫ですよ。万が一の場合も想定しておりますので、どうぞご心配なく」

　万が一の場合とは、あのカップルが直前になって『やっぱり結婚やーめた』と言い出した場合を指すと思うけど、その対応策をすでに考えてあるということだろうか？

それならぜひ聞かせてほしいところ。

　しかし支社長は花村さんに頭を下げて、帰りの挨拶を始める。

「では我々も引き揚げます。本日はお時間を取っていただきありがとうございました。引き続き、ご協力よろしくお願い致します」

　私も隣で頭を下げて「ありがとうございました」とお礼を口にし、営業車に向かう支社長の半歩後ろをついていく。

　ウズウズする気持ちを抑え切れず、助手席に座るや否や聞いてみた。

「キャンセルされた場合の秘策があるんですか？」

　支社長は駐車場から車道へとスムーズに車を走らせながら、「そうですね」と事もなげに答えた。

「教えてください」

「教えません」

「どうしてですか？」

この人に任せておけばきっと大丈夫、という漠然とした安心感はあるけれど、一緒に企画を進める私にも説明してくれないとは、どういうことなのか。

彼はクスリと笑うだけで私の質問には答えようとせず、「ほら、次の目的地に着きますよ」と話題を逸らした。

そういえば、打ち合わせ後にも、なにか予定があると言われていたことを思い出す。

車は紅葉する山の方へと坂道を登っていた。確かこの付近には動物園や野球場があったはず。

そっちの方へは行かずに信号機のない細道に進んだ車は、やがて木立の中の、赤レンガの外壁の二階建て民家の前で停車した。

降りるように言われて従いながらも、砂利の地面を踏みしめて首をかしげる。

「ここはどこですか？」

「ガラス工房です」

玄関ドアの横には、園辺《そのべ》という表札がついている。よく見ればその下に『SONOBEガラス工房《こうぼう》』と書かれた小さな木の札もかけられていた。

今まで取引のあった業者名を頭に浮かべてみたが、私が関わった中にこのガラス工房の名前はない。個人経営のひっそりとしたガラス工房と、うちの大手ガラスメーカーにどんな関わりがあるのか知らないけれど、「行きましょう」と促されて彼の隣を歩き出した。

すると三歩目で、砂利にパンプスのヒールを取られてバランスを崩しかける。「あっ」と声をあげ、とっさに伸ばした手がスーツの腕を捕まえるよりも先に、腰と腕に彼の両手が回されて支えられた。

激しい動悸を感じるのは、転びそうになったせいか、それとも彼の腕の中にいるせいか、もしくはその両方か……。

恥ずかしさに顔が熱くなり、目を逸らして言い訳する。

「すみません。パンプスに砂利道は歩きにくくて……」

「それは気づかなくて、こっちこそすみませんでした。工房への入口は建物の裏側なので、私に捕まって歩いて」

私の体を離した彼は、エスコートするように、張り出した肘を私に向ける。

その仕草は紳士的な容姿の彼にはごく自然に見えても、地味な私には無理がある。エスコートされるようなお嬢様ではないし、恋人でもないのに腕は組めない。

「足元に気をつけて歩けば、もう転ばないと思うので大丈夫です」

そう言って断り、半歩横にずれて離れると、小さな溜め息をつかれた。

「亜弓さんが大丈夫と言っても、距離を離されると、私の方は大丈夫とはいきません」

そんな意味深な台詞を言われた直後に、スーツの腕が伸びてきて、背中と膝裏に回される。視界と重心が傾き、両足が砂利道からふわりと離れた。

「し、支社長⁉」

突然横抱きに抱え上げられて慌てる私に、彼はニヤリと口の端を吊り上げる。

「これなら、歩きにくさも転ぶ心配もありませんね」

普段見ない角度で彼の顔を見上げ、自分の心臓が耳元にあるような錯覚に陥りながら、心で反論する。

転ぶ心配が消えても、他の心配が湧く。

いい男にこんなことをされては、乙女心が不足している私でも恋へと気持ちが流されそうで、非常に心配なんですが……。

建物の裏側の工房入口にたどり着くまでのほんの数十秒が、どれだけ長く感じたことか。

　この速い鼓動が伝わるのではないかと焦る私に対し、支社長はいつも通り平然としていて、引き戸の前で私を下ろすとノックをしてから扉を開けた。

「園辺さん、お邪魔します」

　広さ二十畳ほどのコンクリート打ちっ放しの空間には、大きなガラスの溶解炉《ようかいろ》がど真ん中に置かれていた。炉の口は等間隔にぐるりと数カ所ついているようで、炉を取り囲むようにガラスを成形するための作業台が五カ所設置されていた。

　作業をしている男性は三人いて、そのうちのひとりが手を止めて、私たちの前に来た。半袖Tシャツにデニムを穿いて、軍手で額の汗を拭う男性は五十代くらい。彼がきっと園辺さんなのだろう。無精髭に親しみやすい笑顔を浮かべて、支社長に話しかけた。

「やあ、聖志くん、いらっしゃい。今日はスーツでどうしたの？　彼女まで連れちゃって」

　聖志くん……？

　親しげな呼び方からすると、どうやら支社長は仕事としてこのガラス工房に出入りしているのではないと分かる。

戸惑いながらも「平良亜弓と申します」と自己紹介して頭を下げ、「私は彼女ではなく部下です」と訂正しておいた。

「どうも園辺です。平良さん、そんなにかしこまらないで楽にしてよ。おっちゃんたち怖くないから。聖志くんの部下なの？　へぇ、聖志くんて役職ついてんのか。偉いなぁ」

「いいえ、役職なんてついていませんよ。部下ではなく、いつも先輩と呼んでくれるかわいい後輩です」

「ね、亜弓さん」と向けられる笑顔からは、話を合わせなさいという指示的なものが伝わってきた。

どうやらここでは支社長という肩書や、大企業の御曹司という背景を伏せているみたい。それなら最初に説明しておいてよと思いながらも、「そうですね、先輩」と棒読みで話を合わせ、この工房に一体なにをしに来たのかという疑問を目で訴えた。

「亜弓さん、吹きガラスを体験したことは？」

「ありません」

「では私が教えます。楽しいですよ。売り方だけじゃなく、作る世界も知っておくべきです」

ガラスを商品として扱う社員として、よりガラスへの造詣《ぞうけい》を深めるために、吹きガラスを体験しましょうと連れてこられたのだろうか？　それならば、仕事と無関係ではないけれど、私たちが扱うのは主に板ガラスで、ガラスのコップや皿は取り扱っていないことを支社長ももちろん分かっているはずなのに。

近いようで遠い、うちの会社とガラス工房。

だけど、先ほどの親しげなやり取りや『私が教えます』という言葉から、支社長は結構ここに通っているみたいに見える。

「炉のひとつをお借りします」と言った支社長に、ごく自然に背中に手を回され、奥へと導かれる。後ろから園辺さんに「先週作ったやつ、そこに置いてあるから持ってってな」と声をかけられた。

『そこ』というのは徐冷炉《じょれいろ》と書かれた、ごつい冷蔵庫みたいな箱の横にある木の棚のようだ。作ったばかりのガラス製品は熱をゆっくり冷ます必要があるから、すぐには持って帰れないのだろう。

棚の上には色とりどりのコップや小鉢、花瓶などが並べられていて、細工の凝ったプロが作った物から、明らかに体験希望の初心者が作った物まで様々だ。

興味本位で棚に近づいた私は、素人が作ったコップや皿を眺めて「支……先輩の作品はどれですか?」と聞いた。すると「これです」と指さされ、目を見開く。

「ワイン用のデキャンタです」と彼が言う作品は、一リットルほどの液体が入りそうな無色のガラスの容器で、持ち手はリアルで精緻《せいち》な馬のガラス細工。絶対にプロの職人が作ったはずだと思い込んでいた作品が、支社長のものだったと知り、唖然としてしまう。

「ものすごく器用なんですね……」

「ありがとう。亜弓さんは普通のコップを作りましょうか」

もちろん一番簡単なもので。昔から図工は苦手で、ガラスではなく粘土細工だったとしても、馬は作れない自信がある。

室内は夏のように熱く、スーツのジャケットを脱いでブラウス姿になり、貸してもらったエプロンを着て軍手をはめた。

「こちらへ」と言われて溶解炉に近づく。

彼が足元のペダルを踏むと金属製の扉が開いて、熱気の吹き出す炉の中が見えた。熱と炎の滞留《たいりゅう》する炉の中には、ドロドロに溶けたガラス液が溜まっている。

吹き竿と呼ばれる長い金属の筒をその中に入れ、先端にガラス液を巻き取ると、彼は竿を器用にクルクルと回しながら吹き口を私の顔へと近づけた。

「亜弓さん、吹いてください。一度目は強く吹かないと、膨らまないから」

そう言われ、息を思いっ切り吸い込んで筒の中に吹き込むと、先端のガラス液がプクッと風船のように膨らむ。

「さすが、肺活量ありますね。上手です。次は色をつけましょう。何色がいい？」

「えーと、じゃあ青で」

支社長は竿を回転させながら、バケツの中の青いガラスの粒を表面に纏《まと》わせると、また炉の中に入れて、もう一度ガラス液を巻きつける。

「そこに座ってください」と指示され、作業台の横の椅子に座ったら、フェイスタオル大の濡れた新聞紙の束を手の平にのせられた。その上に、今炉から出したばかりの真っ赤で熱々なガラスをのせようとするから驚いてしまう。

「大丈夫です。熱さは感じないから、新聞紙を信じて」

「は、はい」

新聞紙というより支社長を信じて濡れ新聞紙を構えると、熱々のガラスがのっても確かに熱さは感じなかった。

竿を回転させながら、濡れ新聞紙の上にガラスを押しつけるようにして形を整える支社長。その目は真剣かつ楽しそうで、つられて私も緊張感の中に徐々に楽しさを見つけ出していた。

ガラスが卵型になったら、竿を渡される。

「回しながら炉の中に入れて。次に引き上げた後、もう一度、息を吹き込みますよ」

「はい！」

隣に彼がぴったりついて指示してくれるので、熱いガラスへの恐怖は消えている。

言われた通りに炉で熱してから引き出して、吹き口をくわえた。二回目は「すぐに膨らむから優しく」と言われ、慎重に息を吹き込み、竿を回転させる。

「いいですよ。その調子」

その後はコップの底の形を整えたり、大きなピンセットで飲み口を開げたりと、いくつかの工程を経て無事に青いまだら模様のコップに仕上がった。

ガラス細工は時間との勝負で、思い切りが必要みたい。せっかく形になったのに割れたらどうしようとドキドキしたけど、支社長の上手なサポートのお陰で、その緊張感さえ楽しめた。

大型冷蔵庫みたいな形の徐冷炉に作品を入れてもらって、体験はこれでお終い。一晩かけてゆっくり冷まして、受け取りは明日以降ということだ。

徐冷炉の扉を閉めると緊張から解き放たれて、「はあ～」と温泉に浸かったときのような長い息を吐き出す私。それは私に似合わない仕草だったのか、支社長がプッと吹き出し、目を細めて笑い出す。

私だって気を抜きたくなるときがあると思いながらも、気づけば楽しい気分で、支社長と一緒に笑っていた。

「初体験はどうでした？」

「とても楽しかったです。緊張と完成したときの喜びと、そういう感覚は久しぶりで」

「それはよかった。私はときどきこの工房を借りてるんですが、また一緒に来ませんか？」

『ぜひ』と言いそうになり、ハッとして口を噤《つぐ》む。もう一度やりたい気持ちはあっても、支社長と一緒というのは危険な香りがして躊躇する。

彼の魅力をこれ以上知りたくない。知れば後戻りできない深みにはまりそうで、怖かった。

「いつか機会がありましたら……」と曖昧に答えると、彼の表情が微かに曇る。

不機嫌にさせたかと気まずくなっていたら園辺さんがやってきて、徐冷炉を覗いて「お、上手くできたね」と言ってくれたから助かった。

「聖志くんも作ってくのかい？」

「いえ、今日はこれで失礼します。この後、園辺さんのステンドグラスを見に行こうと、教会に連絡を入れてあるので」

「お、見てくれるのか！　嬉しいな〜。超大作だから、じっくり見て、今度感想聞かせてよ」

園辺さんが作った教会のステンドグラス……それが聞かされていない、今日ふたつ目の予定みたい。これもガラス関係で、今回のマリアージュ企画の参考になるかもしれないから、仕事のうちに入れてもいいよね？

なんだか支社長とデートしている気分で、落ち着かないけれど……。

その教会とは、同じ円山地区にあるらしい。

営業車で五分ほど来た道を引き返し、市道を南に折れると、ポツポツと住宅が立ち並ぶなだらかな斜面に、こぢんまりとした白亜の教会が建っていた。

門の内側に車を入れた支社長は、降りる前に教会事情を説明してくれる。

「ここは古くからある教会なんですが、信者数の減少により、経営が厳しく……」

支社長の話によると、資金繰りに困った教会は、思い切って礼拝堂を綺麗に改修工事して、結婚式の集客率を上げようと計画したそうだ。今までなかったステンドグラスも取り入れる話になり、地元のガラス作家の園辺さんに依頼が来たみたい。

園辺さんはランプシェードなどの小振りなステンドグラスは作成販売していたが、教会のサイズは初めてということで、かなり苦労したという話だ。

教会も色々と大変なのねという感想を持ちつつ、車から降りて、石畳の道を礼拝堂の方へと進む。

小道の両脇には桜の木が二本。紅葉した葉が綺麗だけど、春になればピンクの花びらが舞い散る中でのウェディングとなり、純白のドレスが映えてさぞ美しいだろうと想像していた。

礼拝堂の重厚感ある扉を前に立ち止まる。支社長が横にあるインターホンを鳴らすと、《はい》と年配男性の声がした。

「見学のお願いをしていた、麻宮と申します」

《ああ、麻宮さんですね。ちょっと今、手が離せませんで……。扉は開いてるんで、どうぞ入ってください。結婚式のご予約じゃないんですよね？》

「残念ながら違います。ステンドグラスを拝観させていただきたいだけです」

《ご自由にどうぞ》

ウェディングの予約なら、やりかけのなにかを放り出しても、喜んで駆けつけたということだろうか？

とても正直な対応に、私たちは顔を見合わせて苦笑いしつつ、両開きの扉を開けてお邪魔した。

誰もいない、静かで小規模な礼拝堂。天井はアーチ型で壁は白塗り。中央のバージンロードを挟んで左右に十列ずつ並んだ長椅子と説教台、それから十字架も木製で、白とダークブラウンで統一されたシンプルモダンな内装だった。そして正面の十字架を挟むように、二枚のステンドグラスが……。

支社長と並んでゆっくりと近づいていき、説教台の前で足を止めた。

「綺麗……」

上部がアーチ型の縦に細長い二枚のステンドグラスには、ミュシャの絵画のような雰囲気を持つ聖人がひとりずついて、その周囲は草花をモチーフに色とりどりのガラスで装飾されていた。左側は寒色系の色味が多く、右は暖色系。

ガラスって、こんなに美しいものだったのかと、目が覚める思いでいた。ガラスを商品に仕事をしていても、そこに芸術性を感じる機会がなく、最近ではすっかりガラスの美しさを忘れていた気がする。

支社長も隣で「美しいですね」と溜め息交じりに呟いていた。

「はい。とても」

「この感動を、あなたと共有できて嬉しいです」

ステンドグラスを通して、壁や床に降り注ぐ光も美しい。

数歩進み出て、すると心が洗われるような気がして、余計な思いが抜け落ち、今ばかりは素直な心が現れた。

「連れてきてくださって、ありがとうございます。私も支社長と一緒に見られて、嬉しいです」

目線はステンドグラスに止めたまま、気づけばそんな言葉が漏れていた。

「亜弓さん……。他に来訪者もいないので、少し話をしましょうか」

支社長はそう言って、最前列のベンチに腰を下ろし、私にも座るように手で示す。

素直に従い、隣に座ると、彼の左手が私の右手をそっと包んだ。

途端に胸の中が騒めき出す。戸惑いがちに彼を見つめると、穏やかな優しい視線が注がれた。

「手を繋ぐだけです。神様の前で不埒《ふらち》な行動は取らないから安心して」

そうなのね……。

ホッとした後に、なぜか残念に思う自分もいて、その気持ちを読まれないように視線をステンドグラスに戻した。

　支社長もステンドグラスに視線を向けて、静かな声で語り出す。

「ご存知の通り、私の父はアサミヤ硝子の代表取締役社長です。姉も弟も、叔父も従兄弟も、一族の大半がアサミヤ硝子に勤めています」

　ご存知の通りと言われても、父親が社長という以外の麻宮一族の情報は知らなかった。私はこの先もずっと札幌支社にいるつもりだから、本社事情に関心が薄かったわけだけど、今隣で手を握っている彼の話なら、どんな内容でも聞きたい気がする。

　一度、言葉を区切った彼に、「続けてください」と先を促した。

「父は仕事人間で、私が物心ついたときには、ほとんど家にいませんでした。母は多趣味で出かけることを好む女性です。私たち兄弟は、他人の手で育てられたようなものだった」

「他人の手？」

「幼い頃はベビーシッター。大きくなれば家政婦と家庭教師という意味です。物質的にはとても豊かな環境にいたけど、クリスマスに欲しい物を聞かれても、なにも思い浮かばず、お金でいいと答えるかわいげのない子供でした」

　支社長の声は淡々としていて、そこに同情を求める響きは感じられない。

それならなぜ私に生い立ちを話すのだろう？と疑問に思いつつも、殺伐《さつばつ》とした幼い彼を想像し、胸が痛くなっていた。

私の育った家庭は、とても一般的。会社員の父とパートタイムで働く兼業主婦の母がいて、子供は年の離れた兄と私のふたり。放任主義でも過保護でもなく、適度に叱られ適度に甘やかされて育った。クリスマスには普通に欲しいおもちゃをねだり、家族でケーキとチキンを分け合って食べた温かい思い出がある。

「欲しいものもなく、将来の夢もない……」と、彼は呟く。

「夢も、ですか？」

「そうです。アサミヤ硝子に就職して父の後を継ぐものと思って育ったから、夢を持とうとしなかった。そんなかわいげのない子供が成長し、つまらない大人になったというわけです」

私はステンドグラスから視線を外し、『つまらない大人』と自己評価する彼をじっと見てしまう。視線は合わず、ただ前を見つめて話すだけの彼。

うちの社員、特に女性からの評価は高く、憧れの視線を注がれる存在なのに、彼自身の評価が低いのはかわいそうに思う。

『そんなことないですよ』と言ってあげた方がいいのだろうか？　でも、私ごときが慰めるような言い方は、目上の彼に失礼な気もするし、納得させられる自信もない。

言葉に詰まり、ただ綺麗な横顔を見つめていたら、「でも」と彼が口にした。

「こんなにつまらない私でも、最近になってようやく、やりたいことを見つけました。いつか、園辺さんのように、自分のガラス工房を持ちたい……そう思ったんです」

自分のガラス工房？　それはつまり、アサミヤ硝子の後継者を下りるということだろうか？

大企業を動かす権利を自ら放棄するとは愚かだという人もいそうだけど、私は素敵だと思っていた。

自分らしく、自分の思うように、自分の決めた道を歩む方が、人生は楽しいと思う。私はそうやって生きているつもり。

普段は地味なOLをしている私が、ときどきアンに変身して脚光を浴びて歌う。どちらも私のやりたいことで、私らしい一面でもある。

自分の人生だから、私の望むように作りたい。そう考え、それを実践しているのが、平良亜弓という人間だ。

「ガラス工房のオーナーになる夢、素敵だと思います。私に吹きガラスを教えてくれたときの支社長は、とても素敵な目をしていましたよ。真剣で楽しそうで」

あんな目をする彼は社内で見たことがなく、作られたガラス細工の素晴らしさからも、彼に似合う道のような気がしてきた。

彼の視線が私に向くと、なぜか寂しげにクスリと笑われる。

「考えさせてすみません。夢物語なんです。さすがにこの歳で進路を変えるのは遅すぎる。周囲にかける多大な迷惑を考えると、できない」

「そう、ですか……」

周囲への迷惑とは具体的にどのようなことか分からないが、アサミヤ硝子が後継問題で荒れるということだろう。それを望まないのも彼の意思だから、残念に思っても私が口を挟むべきではない。

「夢物語として、続きを聞いてもらえますか?」

「はい」

私の右手を包む彼の手に、力が込められるのを感じていた。

彼は目を閉じて大きく息を吸い込み、長い息で吐き出すと、また静かに語り出す。

「ガラス工房は、海の見える場所がいい。波音をＢＧＭに、世界にひとつだけの作品を作るんです。疲れたら気晴らしに海辺を散歩して……。冬は家の前に雪だるまを作ります」

「雪だるま、ですか？」

「おかしい？　大きな雪だるまは、東京出身の人間にとって憧れですよ。その頃は子供がいるかもしれないので、私の子供たちと一緒に作りたい。空が暗くなり、澄んだ冬空にたくさんの星が姿を現わしたら……」

遊び疲れた親子が、やっと家に帰ってきた。家の中は暖炉に薪《まき》が燃えて暖かく、ジャズのレコードが当たり前のようにかけられている。キッチンにはコトコトとシチューの鍋が音を立て、おたまを手にした彼の奥さんが……。

気づけば目を閉じて彼の夢の世界に浸っていた。

雪ということは、彼の夢の舞台はこの北海道みたい。彼の描いた温かな家で、キッチンに立つ自分の姿を想像してしまった。肩や頭に雪をのせたまま『ただいま』と入ってきた彼に、私は呆れるのか、それとも笑うのか。

どんな反応をしようと考えた直後に、膝の上に急に重みを感じ、ハッとして目を開けた。私の太ももを枕に、彼が横になっているのだ。

「し、支社長」

「少しだけ、夢の世界を味わわせてください。ほんの少しでいいから……」

まるで彼の夢物語に私が登場するかのような言動に、心の中が乱される。

まさか、本気で私を求めているの？
分からない。彼の本心は一体どこにあるのだろう。
それが見えないうちは、必死にブレーキをかけるしかないのだけど……。

策士な彼に完敗です

十一月に入ると寒さが増して、コートが厚手に変わる。昨日の夜は雪が降っていたが、それは積もることなく朝の日差しにすぐにとけて消えていた。

雪とガラスのマリアージュ企画の進捗状況は順調で、始動時の『本当に間に合うの？』という不安から今は、『きっと上手くいく』という期待に変化していた。

支社長がリーダーシップを取ると、安心して仕事ができる。

そのずば抜けたビジネス力に感心しつつ、ときおり、彼の夢物語を思い出していた。

本当にやりたいことは、ガラス職人なんだ。私なら迷わずやりたい方へ進むけれど、彼は周囲に迷惑をかけるからできないと言った。

御曹司って、不自由なのね……。

冷たい初冬の風に吹かれ、枯葉を踏む。

支社長の整った横顔を見ながら、彼の恵まれた身の上に同情していた。

私は今、支社長に同行して大通公園の西八丁目に来ている。ここには有名な彫刻家が作った芸術的な石の滑り台があり、母親に見守られて厚着をした幼児が楽しそうに遊んでいた。

滑り台の付近は芝生だが、他は赤レンガ風のタイルを敷き詰めたフリースペースとなっている。初夏にはYOSAKOIソーラン祭りの特設ステージが設置されたり、物産展やビアガーデンの会場になるなど、各種イベントに使用される場所だった。

そして今月の終わり頃から始まる『さっぽろホワイトイルミネーション』に合わせて、うちの企画もスタートする。発光・蓄光板ガラスを組み合わせ、小路やチャペル風ステージを造り、幻想的な空間に変化させる予定。結婚式を行うのはクリスマスイブの一夜のみだけど、展示は来年の一月上旬まで続く。

「それでは図面通りでいいですね。二十日から工事に入るんで、麻宮さん、よろしくお願いします」

そう言って支社長に頭を下げたのは、会場作りを依頼している施工業者の責任者。

「こちらこそ、よろしくお願い致します。では、我々はこれで失礼させていただきます」

施工業者との現場での最終打ち合わせが終わり、私たちは大通公園を出てビルの谷間を歩く。

ここから会社までは徒歩十分ほどで、営業車は使用せずに歩いてきた。

時刻はもうすぐ十二時になるというところ。

私の歩調に合わせて歩いてくれる支社長が、「ラーメンを食べてから社に戻りませんか？」と誘ってきた。

ラーメンか……。智恵とふたりだと選ばない選択肢だが、今は私もラーメンを食べたい気分になっている。寒いときには温かいものが欲しくなるし、すぐ側のビルの前に、ラーメン屋の幟《のぼり》が出ているからだ。

「いいですね」と彼の誘いに乗り、幟の立つビルへと入っていく。

中はサラリーマンとＯＬに支えられていそうな飲食店が数軒入っており、ラーメン屋は奥の方にあった。

赤い暖簾《のれん》を潜ると、まだ十二時前だからか、席は半分しか埋まっていなかった。

「らっしゃいませー！」という店員の威勢のいい声がして、空いている席にそのまま進もうとしたら、「亜弓さん、食券を先に買うようですよ」と支社長に呼び止められた。

確かに入口横に食券販売機が置いてある。

支社長と並んで食券販売機の前に立つと、彼が当然のように自分の財布から三千円を入れていた。「いつもすみません」と口にして、申し訳なさを感じつつ醤油ラーメンのボタンを押す私。

「亜弓さん、トッピングは？」

「いりません」

「そうですか。じゃあ私は……」

長く男らしい指が味噌チャーシュー麺大盛りを押し、トッピングにさらにチャーシューと、肉餃子二人前を選んでいた。

今の私はもう、驚くことなくそれを見ている。

支社長と仕事で外出するたびに、なにかしら食べてから社に戻る。それが昼時じゃない場合、私は珈琲とケーキくらいで済ましても、彼はハンバーグステーキや厚切りベーコンのホットサンドなど、しっかり肉を食べるのだ。

肉中心の食生活で、よくその引きしまったモデル体型を維持できるなと思いつつ、食券を店員に渡し、奥の小上がりに向かい合って座った。

「亜弓さん、私は月曜から東京本社に二日間の出張が入っているので、その間、こちらを進めておいてください」

ビジネスバッグから取り出して渡されたのは、クリアファイルに挟んだ書類と指示書。そこには、彼の不在時に私がやるべきことが事細かに書かれている。

特に質問すべきこともなさそうなので、「分かりました」と、それを自分のショルダーバッグにしまった。

今日は金曜日で、土日を挟んだ後に二日間の出張ということは、しばらく支社長の顔を見られないということか。

「なんだか寂しそうですね。私に四日も会えないのが残念?」

「いいえ、まったく」

どうやら彼は、私がそう答えるだろうと予想していたようで、喉の奥でククと笑い声をあげていた。

そこにラーメンが運ばれてくる。私の前にシンプルな醤油ラーメンと、支社長の前にチャーシューで麺が見えないほどの丼ぶり、それと餃子が十個並んだ。

いつも通り上品な箸使いで、美しく肉を食べる彼を見ながら、私は静かに麺を啜《すす》った。すると眼鏡が湯気で曇り、見えにくくなる。器から顔を遠ざけるとすぐに曇りは消えるけど、麺を啜るたびに視界が白く変わるのが煩わしい。

普段はコンタクトより眼鏡の方が楽なのに、温かい麺類を食べるときだけは困るのよね……。

眼鏡に対する不満は口に出していないのに、すでにチャーシューをすべて食べ終えた支社長に、「眼鏡を外して食べた方がいいんじゃないですか?」と言われた。

「外すと見えないので」

「白く曇る窓越しより、手元がよく見えるのでは？」

「そうですけど……別にこのままでいいです。眼鏡生活に慣れていますので」

本当は外したい気持ちでいた。支社長に言われた通り、その方がよく見えるから食べやすい。

しかし、それをできない理由は、アンとの共通点を見つけられたら困るからだ。

眼鏡で人の印象はかなり変わる。今の私はつけ睫毛をしていないし、唇も頬も赤みが足りない薄いメイクだけど、ベースは同じ顔。なるべく安全な道を進みたいから、彼の前で眼鏡を外したくないのだ。

眼鏡の話を終わらせたつもりで、また見えない視界の中で麺を吹いて冷まし、つるつると啜っていた。

吹かなければこれほどまでに湯気を浴びたりしないのかもしれないけど、口の中に火傷はしたくない。今日は八日ぶりにステージに立つ日だから、喉と口の環境には気をつけたいと思っていた。

するとスーツの腕が伸びてきて、急に眼鏡を外される。

驚く私の目の前で、眼鏡を手にした支社長がニヤリと笑っていた。

「なっ……なにするんですか！　返してください！」

「思った通り、眼鏡を外すと印象が変わりますね。知的な美人から、素朴なかわいらしい少女に変わったという感じかな」

知的な美人ではないけれど、それよりも素朴なかわいらしい少女って……。

それでも慌てる気持ちが引いたのは、アンとは百八十度違う感想を言われたせいだ。アンは華やかで大人っぽい女性をイメージして、メイクをしている。アクセサリーとドレスとウィッグを身に纏えば、素朴な少女とかけ離れた印象だろう。

ということは……眼鏡を外しても不都合はない。

同一人物だと気づかれることはないと判断し、眼鏡を返してもらったその後もかけずに、続きを食べる。

そんな私をクスリと笑って見つめながら、彼は優雅な仕草で肉餃子を口にしていた。

澄んだ冬空にたくさんの星が瞬く二十二時。私は今、アルフォルトの三回目のステージに立っている。

着ているのはワインレッドのタイトなロングドレス。支社長とブライダル会社を訪問したとき、マネキンが着ているカラードレスが素敵だったから、つい同じ色のステージ衣装を新調してしまった。

それに合わせるのは、ゴールドのピアスとネックレスで、黄みがかったスポットライトと客の視線を浴びて、本日のラスト曲、『ジャスト・フレンズ』を歌っていた。

この曲を歌うとカイトの顔が頭に浮かび、このビルの九階で危うく襲われそうになったことも思い出す。

あれからカイトと二回、同じステージに立ったけど、もう復縁は求めてこない。別れ方が一方的だったと反省した私が『傷つけてごめん』と謝って、『いいよ、俺も悪かったし。新しい彼女もできたから心配すんな』と、そんな会話をした後は、上手く〝ジャスト・フレンズ〟でいられていると思う。

今日の演奏者の中にカイトはいない。私の後ろでアルトサックスを吹いているのは別の男性で、気にしなければならない人はステージ上ではなく、バーカウンターにいて……。

今日の支社長は、三回目のステージから来店した。きっと仕事が終わらなかったのだろう。月曜日から出張だと言っていたし、やっておかねばならないことが、いつもより多かったのか。彼は私との企画以外にも仕事をたくさん抱えているから、かなりの忙しさだと思う。

カウンター席で私の歌声に耳を澄ませながら、ときおりマスターと言葉を交わし、ブランデーグラスを揺する彼。

夕食は食べただろうか？　今は若いからいいけど、不規則で偏った食生活を続ければ、後々体を壊すかもしれないと心配になる。

もし私が彼の恋人なら、バランスのよい食事を一緒に食べてあげたい。料理の腕にはあまり自信がないけど、恋人のためなら喜んで勉強を……と、そこまで考えてハッとする。

私は一体なにを考えているのだろう。

気持ちが歌から離れそうになり、カウンター席の彼から視線を逸らした。

支社長と私の関係はただの上司と部下で、店では客とシンガーだ。それ以上を求めると、後々つらい思いをするのは自分なのだから、彼の遊びに乗ってはいけないと、ここ最近は頻繁に自分に言い聞かせていた。

歌い終えて、たくさんの拍手をもらい、楽屋へ引き揚げる。仲間たちと今日のステージについて少し話した後は、部屋の隅にある簡易更衣室へ向かう。

ステージ衣装から着替えるのは、地味色オフィススーツではない。以前は地味な亜弓の格好に戻って帰路についていたけれど、今はわざわざアンに似合いそうな派手めの私服に着替えて帰るようにしている。身バレを防ぐために。

ウィッグも外さずメイクもそのままで、着替えだけをして更衣室を出ると、ソファにくつろいでいるコントラバスのジョーさんが、「最近、地味っ子スタイルやめたの？」と私に聞く。

「やめてないですよ。前も言ったと思うんですけど、上司がいつも私のステージを見に来るんで。素顔のままで帰れなくなって」

「ああ、例の人ね。なんかマスターにすっかり気に入られて、夏の誕生日会にも来てたよな」

「そうなんです。だから困っていて。バレたくないのに……」

大きな紙袋に地味なコートとオフィススーツを入れて、その上にステージ衣装をのせる。支社長のせいで荷物が多くなることに溜め息をついていると、ジョーさんがからかうように笑った。

「もうバレてんじゃない？　アンちゃん、自分で言うほど、地味っ子のときと違わないよ」

一瞬ギクリとしたが、それはないと思う。いや、思いたい。

親友の智恵にだって『亜弓に見えない』と言われるこの姿。

ジョーさんはアンと亜弓の両方を、何年も見ているからそう思うのだろう。

亜弓の姿のまま店に入っても、常連客でさえ気づかないのに、初来店が半年ほど前の支社長に見破られてたまるかという気持ちだ。

だから、安心してもいいはず。もし気づいているなら、なにか言ってこないとおかしいし……。

焦りを理屈の力で封じ込め、ジョーさんに冗談めかして言う。

「私の変装は完璧です。もしバレてたら、ジャズシンガーをやめるか会社を自主退職するか選べと言われるはずだし、大丈夫」

それから「お先に」と大きな荷物を手に楽屋を出た。

すると予想通りというべきか、「アン、こっちおいで」とマスターの声がした。

ステージの後、高確率で支社長の隣で飲む羽目になるのは、マスターがこうやって呼ぶせいだ。用事があるからと前もって伝えておけば座らずに帰れるけど、その手を毎回使うのは嘘くさいし、マスターに気に入られている支社長をあからさまに避けるわけにいかない。

渋々、支社長の隣の椅子に座ると、私の好きなマタドールが出てくる。

聞かなくても支社長の奢りだと分かるので、「いつもありがとうございます」とお礼を言って、彼のブランデーグラスと合わせた。

「今日も素敵な歌声でした。私にはあなたの声が合うようです。とても心地いい」

支社長は紳士的な微笑みを浮かべて褒めてくれて、それからひとつ文句を付け足した。

「私が贈ったピアスは気に入らなかった？　最近つけてもらえないようですが」

マスターの誕生日会の日、彼は大振りなアメジストのピアスをプレゼントしてくれた。あれから二度ステージでつけたけど、思い直してそれ以降つけるのをやめている。その理由は彼を喜ばせないためと、私の心を揺らさないためだ。

そんな説明はできないので、カクテルをひと口飲んでから、「そうですか？」と、とぼけてみせた。

「大切に使わせてもらってますよ。今日はワインレッドのドレスだったから、紫色と合わないと思って他のアクセサリーにしただけです」

衣装と色が合わないというのは、もっともらしい理由。我ながらいい返し方だと思い、心に余裕を持っていたら、にっこり笑う彼にただちに切り返された。

「じゃあ、あのピアスに似合うドレスを買いに行こう。もちろん私からのプレゼントです。明日は時間がありますか？」

「い、いえ、麻宮さんにそこまでしてもらう理由はないので。それに明日も、日中は予定が入ってるし……」

デートに誘われる流れになるとは予想外で、慌てて断ったのだが、彼は諦めてくれない。

「日中が駄目なら、夕方からでいいです。ドレスを買って、その後に食事をご一緒に」

「あ、そうそう、夕方からも予定があるんでした。アルフォルト関係の用事が……ね、マスター？」

マスターに話を振ったのは、助けを期待したから。

過去には店内で、他の男性客にデートに誘われたこともあった。『コンサートチケットが余ってるんだけど、一緒に行かない？』と。そのとき話を聞いていたマスターが、『その日は他の店からアンにオファーが来てるんだ。悪いね』と嘘の理由をつけて助け舟を出してくれたのを思い出していた。

だから今回も話を合わせて、助けてくれると思ったのに……。

バーカウンターの内側にいるマスターは、シェイカーを振りながら首をかしげて私を見た。

「明日？　俺、アンになんか頼んだっけ？　ステージも入ってないし、麻宮さんとデートしてきなよ。店のない夜はいつも暇だって言ってたろ」

なんで相手が支社長だと、助けてくれないのよ。まさか、またプレミアつきのジャズレコードをもらったとか？　マスターは私より支社長の方が大切なの？

驚きとショックを受けて言葉をなくしていたら、支社長の大きな右手が私の左手に被さった。

「決まりですね。明日の十六時に、自宅まで車で迎えに行きます」

「自宅は困ります！」

思わず大きな声を出したのは、智恵の婚約祝いで酔っ払った帰り道に、玄関前まで送ってもらったことがあるからだ。

慌てる私の反応を予想していたかのように、彼はクスリと笑って頷く。

「では十六時に札幌駅の小丸百貨店《こまるひゃっかてん》の地下入口で待ち合わせましょう。以前渡した、私の連絡先を書いた名刺は持ってますか？」

「持ってますけど、まだ行くと言ってな――」

「私は時間通りに間違いなくそこにいますが、万が一出会えなかった場合、連絡してください。アンが来なかったら、私もあなたに連絡します。マスターに連絡先を聞いて」

それは……非常に困る。私はスマホを一台しか持っていなくて、会社もアルフォルトも、同じ番号とアドレスでやり取りしているから。

マスターから連絡先を聞き出されたら、アンと亜弓が同一人物だとバレてしまう。口止めしたって、すっかり支社長のペースにはめられているマスターなら、勝手に教えそうな気もするし……。

危うい予感に青ざめる私は、「必ず時間通りに行くので、私の連絡先を聞き出すのはやめてください」と言うしかなかった。

「私とデートしてくれるなら、あなたの承諾なしに聞き出したりしません」

「麻宮さん……一度だけですよ？　私はお客さんとそういう関係になりたくないんです。これっきりにすると約束してください」

「約束しましょう。アンとのデートは一度限り。では私はこれで失礼します。ドレス選びのために、あのピアスを必ずつけてきてくださいね」

「楽しみにしています」という言葉を残し、彼は珍しく私より先に店を出ていった。

黒いコートの背中が消えると、彼のグラスに残る琥珀《こはく》色のブランデーを見つめて、静かに心を乱す。

やっぱり彼はアンにも手を出す、いい加減な男だった。

ひと月ほど前にステンドグラスの美しい教会で夢を語られてから、私の心はグラグラと揺れていた。

もしも、真面目な思いでいてくれるのなら、私だって気持ちを前に進めようかと思うのに、これではストッパーを外せない。

初めから思っていた通り、あっちこっちで上手く女遊びをしているのが彼の本当の姿なんだ。それがハッキリしたのに、なぜ私は今、胸を高鳴らせているのだろう?

正体がバレる危険性を感じながらデートを楽しみに思うなんて、マズイな、この気持ち……。


翌日のお昼過ぎ、グレーのスウェット上下という、なんとも色気のない格好をした私は、自宅でジャズを聴きながらミステリー小説を読んでいた。

でも本の内容はちっとも頭に入らない。かれこれ十分は、同じページの同じ文章を視線がなぞっているだけだ。

とうとう本を読むことを諦めてソファから立ち上がり、寝室へ向かった。

広さ六畳の寝室は、シンプルなベッドと機能性重視の小さなドレッサーがあるだけという、私らしい地味な空間。しかしクローゼットを開ければ、地味色オフィススーツの他に、華やかなステージ衣装が何着もハンガーに吊るされている。

手に取ったのは、スーツでも衣装でもなく、シャンパンゴールドの膝丈タイトワンピース。これはアン用として最近買った普段着だ。

同じお金をかけるなら、ステージ衣装にかけたいところなのに、支社長が店に来るせいで、今まで必要なかったアン用の普段着も買わなければならなくなった。

今日のデートはこれでいいかな。その上に黒のボレロを羽織って、靴も黒のブーツで。

アンのイメージからすると、地味だろうか？　いや、これに支社長からもらった存在感のあるピアスをつけるから、地味じゃないよね。

約束の時間は十六時で、今は十三時を過ぎたところ。二十分前に出れば充分に間に合い、今から準備をするのは早すぎるのだが、朝からずっとソワソワしてどうにも落ち着かない。その原因は決して甘い展開を期待しているからではなく、正体がバレたらどうしようという不安からのものだと、自分に言い聞かせていた。

デートに着ていく服を出して壁にかけ、ウィッグにアクセサリーやストッキング、使い捨てコンタクトレンズにアン用のメイク道具一式までをベッドの上に並べたら、リビングからスマホの着信音が聞こえてきた。

寝室を出てリビングへ。テーブル上のスマホを見ると、それは支社長からの着信で、慌ててジャズのCDを止めて電話に出た。

「はい、平良です」

《麻宮です。休日にすみません。伝えるべき重要事項があるんですけど、今、大丈夫ですか？》

「はい。どうぞ話してください」

重要事項と言われて緊張し、メモ用紙とペンを手に取る。

それは、昨日、現場で最終確認した施工業者から、変更したい箇所が発生したとの連絡が入ったという話だった。すぐに対応できることならいいけど、ガラスの発注をかけている工場や輸送にまで影響が及ぶと、時間的に困った事態になる。

慌てて「どのような変更ですか？」と聞いても支社長は詳細までは語らずに、「亜弓さんの今日の予定は？」と聞いてきた。あなたと夕方からデートですとは言えないので、「特にありません。家でゆっくり過ごす予定です」と答える。

《よかった。私は今、社にいまして、夕方までしか時間が取れないため、対応に追われています。予定がないなら、休日出勤をお願いします》

「え、それは……」

《なにか不都合でも？》

焦りは仕事に関することから、別の方向へとシフトする。

どうやら彼は仕事上の緊急事態が発生しても、アンとのデートにはしっかり行くつもりらしい。もしやそのために、終わらない仕事を私に押しつけるつもりなの？　そうすると私だけが時間通りに待ち合わせ場所に行けず、その結果、私の連絡先を聞き出されて正体がバレてしまう。

背中に冷や汗が流れるのを感じながら、答えに困る私。するとスマホの向こうになぜかクスリと笑う声がして、その後に明るい口調で言われた。

《ふたりで対応すれば、おそらく二時間もかからない。十五時半には終わりますよ》

十五時半……それなら、なんとか間に合いそう。待ち合わせ場所までタクシーで行き、小丸百貨店のお手洗いでアンに変身すればきっと大丈夫。

そう判断した後は「分かりました。すぐに出社します」と返答し、通話を切る。

急いで地味色オフィススーツに着替えて、薄いメイクをしたら、アン変身セットを紙袋に突っ込んで、慌ただしく家を出た。


地下鉄に乗って大通駅で降り、そこから小走りで会社にたどり着くと、時刻は十三時四十分だった。

人気《ひとけ》のない四階のフロアを奥へと進み、支社長室をノックする。「どうぞ」という声とともに、ＩＣロックが解錠される音がした。

「失礼します」

ドアを開けて中に入ると、彼はいつもの凛々しいスーツ姿で、執務机に向かって仕事中。その視線がパソコンの画面から私に向くと、にっこりと笑いながら「随分と大荷物ですね」と指摘してきた。

通勤用の黒いショルダーバッグの他に、コートからブーツまで入った大きな紙袋を下げている私。確かに不思議に思われても仕方なく、事業部の自分のデスクに置いてから、ここに来るべきだったと後悔した。

「帰りにクリーニング屋に寄ろうと思ってまして……」

焦りを顔に出さないように気をつけて、とっさに嘘をつく。

内心ビクビクしていたが、支社長はそれ以上は追及せずに、急ぎの仕事について話を移した。

「施工業者から申し入れのあった変更点ですが……」

彼の仕事に関する説明は、いつも丁寧で分かりやすい。

しかし私の首がゆっくりと横に傾いたのは、それが休日出勤してまで急いでやらなければならない内容ではなかったからだ。

ガラスの発注をかけているうちの工場や、配送手続き関係にはまったく影響のない、書類上だけの変更点が少々。そんなもの、メールで指示してくれれば、月曜日に私ひとりでも終わらせられるのに。

支社長ほどの人がそれを分からないはずがないので、なにを考えているのだろうと、訝しげな視線を向けていた。

彼は革張りの椅子からおもむろに立ち上がると、机を回り込み、私との距離を詰めてくる。

警戒しながら後ろに半歩下がり、「なにか企んでいますか?」と聞いたら、紳士的な顔立ちの口元だけが意地悪く笑った。

「やるべきことは、早めに片付けておくのが私のやり方です。時間に余裕ができれば、視野を広く保つことができるので」

「そうですか……」

「もっともそれは仕事に関してのみ。恋愛に関しては、じっくり時間をかけて楽しむのが私のやり方です」

ゆっくりとした動きで距離を縮めてくる彼と、じりじりと後ずさる私。

ドアに背中がつき、これ以上、後がない状況でスーツの腕に囲われた。

急に色香を大放出させる瞳に見つめられ、鼓動は上昇の一途をたどる。彼の顔にさ迷わせた視線が唇に止まると、数カ月前の二度に渡る美味しいキスを思い出し、コクリと喉を鳴らした。

すると艶のある声で「欲しい?」と聞かれる。

「そんなこと思ってな……んっ」

三度目も、とろけるように甘美で濃厚なキス。

しかし、ほんの数秒で唇を離され、物足りなさを感じてしまう。

もっとしてほしくても言えずに目を伏せると、私を囲う腕も外され、色気を消した爽やかな口調で言われる。

「さあ、仕事をしましょうか。私は十六時に人と待ち合わせているので、時間がなくなります」

なによそれ……。私とのキスよりアンとのデートが魅力的?

なんだか変な気持ちがする。

アンは私なのに、負けた気分ですごく不愉快……。

「ここで仕事をしますか？　それともミーティング室を使う？」と聞かれ、「支社長はどうぞこちらで。私は事業部でやります」と答えて、不機嫌さを隠せない顔のまま支社長室を出た。

今日は一段とからかわれている気持ちがする。それはこの後にアンとしてのデートが控えているせいだろう。

今までの色気のある展開のすべては、やはり彼の女遊びの一部だった。

さっきのキスを含め、不覚にもそれらに胸を高鳴らせた自分を恥じていた。

二十八歳の私は子供じゃないのに、彼の前だと翻弄されて、手の平で転がされているみたい。

そんな自分は嫌だから、もう二度と心を揺らすものかと、パンプスの踵を叩きつけるようにして階段を上り、無人の事業部へと入っていった。

それからおよそ一時間半、静かな事務作業のお陰で怒りは収まり、冷静さが戻っていた。

あとは数値計算をし直して、表に入力すればお終い。

今の時間は十五時二十分。

よかった。約束の時間に間に合いそうだ。

腕時計に視線を落としていたら、事業部のドアをノックする音が聞こえ、すぐに開けられた。

姿を現した支社長は、スーツの上に黒いコートを羽織っている。彼は私の側まで来ようとせず、ドアノブに手をかけたままで「終わりそうですか?」と聞いた。

「はい。あと少しです」

「それはよかった。私は先に帰りますよ」

「待ってください。確認していかないんですか?」

「私の確認が必要なほどの仕事ではないでしょう。亜弓さんに任せます」

その程度の雑務で出勤させたのは、あなたなんですが……と、口には出さずに目で訴える。

七、八メートルほどの距離を空けて睨んでいると、彼はクスリと笑った。

「なにがおかしいんですか?」

「いや、睨む顔もかわいらしく、嬉しいと思って」

「は?」

「半年前のあなたは、私に無関心だったけど、今は複雑な思いの中にいる。それが嬉しいです。では、私はこれで。遅れるわけにいかない大切な約束があるので、お先に失礼」

黒いコートの後ろ姿が消えてドアが閉まり、コツコツと革靴の音が遠ざかる。

なんなのよ、あの人は。私の気持ちをあの手この手で無理やり彼に向かせておきながら、『嬉しいです』のひと言で終わらせて、今度はアンとのデートが『大切な約束』だって？

「いい加減にしてよ！」と無人のフロアで叫んだ後は溜め息をつく。

困りつつも朝からソワソワしていたのに、今はデートに行きたくない。

アンは私だけど、私じゃない。地味な亜弓の方が本来の姿だから、華やかなアンに迫る彼を見るのは心が痛いな……。

そのとき、スマホにセットしていたアラームが鳴る。十五時二十五分だ。

いけない、と気持ちを立て直し、やりかけの作業を終わらせると、大荷物を手に建物から走り出た。

わずか地下鉄ひと駅分をタクシーに乗り、小丸百貨店前で降りる。

待ち合わせは地下街と直結している地下入口なので、地上の入口を利用しても支社長と顔を合わすことはないだろう。

エスカレーターに乗り、女性服売り場の三階で降り、お手洗いに向かう。

その理由はもちろんアンに変身するためだ。

個室の中でオフィススーツを脱いで、シャンパンゴールドのワンピースに着替える。襟元にファーをあしらった白いコートを着て、黒いブーツに履き替え、脱いだ服は紙袋の中へ。個室から出ると眼鏡を外してコンタクトレンズを装着し、続いてメイクに取りかかる。慣れているので十分ほどでフルメイクが完成し、最後にミルクティ色のウィッグを被れば、私はもう亜弓ではなくアンになった。

鏡に角度を変えて自分の姿を映し、細部を点検する。どこからどう見ても、地味な私の影は残されていない。

これで完璧……と思ったが、支社長にもらったピアスをつけることを忘れていた。ポーチから取り出して両耳につけると、雫型の大振りなアメジストが輝いて、より一層華やかになった。

仕事用の腕時計は外したので、スマホで時刻を確認すると、約束の五分前。ギリギリセーフといったところか。

急いでお手洗いを出た後は一階に下りて、入口近くのコインロッカーに荷物を押し込む。

アン用に買ったハンドバッグだけを手に、下りのエスカレーターに乗って小丸百貨店の地下入口に着くと、支社長が会社で見たときと同じ格好で、壁に背を預けて立っているのが見えた。

無言で彼の前に立つ私に、紳士的な微笑みが向けられた。

「時間通りですね。来てくれると思ってたけど、遅れると予想してたから、少し驚きました」

そう言われる理由はなんだろう？と首をかしげる。アンの姿で彼と待ち合わせるのは初めてのことなのに、時間にルーズな印象を持たれていたのだろうか？　それとも他に、遅れて来そうな理由が？

彼の心は読めないがとりあえず、「結構早くに着いてましたよ。女性服売り場を見てました」と、作り笑顔で嘘をついておいた。

「そうでしたか」とあっさり騙される彼は、私の隣に並ぶ。

「行きましょう。まずは約束のドレスを買いに」

このデートの目的は、アメジストのピアスに似合うステージ衣装を買ってもらうことだけど、それを嬉しくは思えない。プレゼントの見返りとして、今後、店内で特別扱いしろという態度を取られたらどうしようと不安がよぎる。

彼は私の腰にさりげなく腕を回してエレベーターの方へと歩き出した。どうやらこの百貨店の中でのショッピングを予定しているらしい。

近すぎる距離に赤くなることもできないのは、少し前に支社長室で、もっと濃い関わりをしたせいか、それともドレスを買ってもらうことに気が乗らないせいか。

その気持ちが顔に表れていたのか、エレベーター待ちをしながら彼が言う。

「ドレスを買ったからといって、見返りは求めないので安心してください」

「その言葉をどうしたら信じられますか？」と返したら、彼は苦笑いする。

「あなたの目に映る私は、随分と信用のない男のようですね。アンの前で不誠実な姿を見せていないつもりなのに、なぜ？　まるで私の他の顔も知っていると言いたげに見えますすよ」

知ってるよ、あなたの不誠実さを。私にキスして夢まで語っておきながら、こうしてアンにも手を出す肉食獣だということを。

この分だと本当にうちの社の若い女子社員を総なめにしていたりして。親友の智恵だけはその中に入っていないと信じているけれど。

反論は口にできないので、作り笑顔で切り返す。

「麻宮さんのことはなにも知りません。誠実だというなら、そのイメージを崩さないようお願いします。私はジャズシンガーで、あなたはお客様。それ以外の関係を築こうとしないでくださいね」

「手厳しいですね」と言いつつも、彼は楽しそうに笑っている。

私の精一杯の牽制《けんせい》もどこまで届いているのか怪しいものだ。

混み合うエレベーターに乗り込み、五階へ。私たちしか降りなかったこのフロアは女性服売り場。入っているテナントは上品で、マネキンが着ている服のすべてが高級そうに見える。この百貨店自体、他より値段が高めなので私はあまり利用しないし、このフロアには足を踏み入れたこともなかった。

支社長は下調べでもしていたのか、迷うことなく私を奥へと誘導し、『マニョリア・ロマンジュ』と書かれた店の前で足を止めた。

どこかで聞いた覚えのある名前だと思ったら、雪とガラスのマリアージュ企画でコラボしている『ブライダルハウス・ロマンジュ』と名前の一部が被っている。

心の中でそれに気づいたら、彼が説明を加えた。

「私が携わっている仕事の関係企業の姉妹店です。男の私はドレスをオーダーできる店を知らない。それで仕事でお世話になっている花村さんという女性にこちらを紹介してもらいました」

ふーん、花村さんに教えてもらったんだ。ということは、昨日ドレスを買う話を出したときには、すでにこの店について知っていたということなの？

小丸百貨店前で待ち合わせたんだから、多分そういうことなのだろう。

昨夜のバーカウンターで飲みながらの会話は、たまたま出たものじゃなかったみたい。ドレスを買うこともデートに持ち込むことも、彼の頭の中では予定が組まれていて、実現の流れになるように会話を作られたんだと今気づく。

もしかするとピアスをプレゼントしてくれた夏から、デートの計画が始まっていたりして。

やっぱり支社長は策士だ。

この後にどんな企てがあるのかと、ハラハラさせられる……。

完全オーダーメイドと書かれた店内で、上品な見た目の女性店員が対応してくれた。

「麻宮様、いらっしゃいませ。姉妹店の花村より、お話は伺っております」

「本日はお世話になります」

カーテンで仕切られた空間で、細かなサイズを測られたその後は、カタログを見ながら、色やデザイン、生地の素材などを、支社長も交えて相談する。

背中に冷や汗が流れるのは、この店で一着作ると、一番安い生地を選んでも十五万円は下らないからだ。

私が自分で買って持っているステージ衣装は、高くても五万円。当然オーダーメイドのものは一着もなく、すべてがブティックに並んでいる既製品で、ときにはネット通販で一万円以下で購入する場合もある。

ただのシンガーと客の関係を続けたいのに、こんな高額なプレゼントは……。

焦る私の横では支社長が涼しげな顔をして、カタログをめくっている。

「アメジストのピアスには黒のドレスが合うと思います。生地はシルクとレースで、デザインは……迷いますね。アンはどれが好きですか？」

そのとき店の奥から電話の音がして、「すみません。ちょっと失礼しますね」と女性店員が席を外した。

「支、いえ、麻宮さん、ここを出ましょう！　いくらなんでも高すぎです。フルオーダーじゃなく既製品で充分ですから」

つまり、今のうちに逃げようと提案して立ち上がったのだが、彼はクスリと笑うだけで動こうとしない。

「私の財布の心配なら無用です。それほど高額だと思わないし、あなたの歌声にはそれだけかける価値がある」

「そう言ってもらえるのは嬉しいですけど、やっぱり――」

「アン、落ち着いて。この店で購入しないと、紹介者の花村さんの顔を潰すことになりますよ。それでもいいんですか？」

それは困る。雪とガラスのマリアージュ企画が無事に終わらないうちは、良好な関係を保たないと。

「そうですね」と、仕方なく椅子に座り直した私を見て、彼はまた含みのある笑い方をする。

「ときどきほつれが見えるところも、かわいらしい」

ほつれって……。

天然思考は持ち合わせていなくても、わざと着ている服の袖口を気にする仕草を見せていた。

それは自分のため。そうしないと〝まさか〟という危うい予感が膨らみ、平常心でいられなくなるからだ。

結局、オーダーメイドで黒いロングドレスを購入することとなった。色が白なら、ウェディングドレスに使用できるような高級シルク生地で、裾は少しだけ膨らんだAライン。ウエストには黒いリボンが結ばれて、上半身にはレースがふんだんにあしらわれている。

ステージ衣装にしては露出度が低く抑えられているのが気になったが、『もっとセクシーな大人の雰囲気を』とは注文をつけられない。出資者は彼だから。

さっき値段を気にしたせいで、総額いくらになるのか教えてもらえなかった。

前払いらしく、私に見えないようにカードでスマートに会計を済ませた彼は、再び私のウエストに腕を回して店を出た。

「ドレスのできあがりが楽しみです。初めて着る日は、必ずアルフォルトに聴きに行きます」

彼は出張で札幌にいない日以外、私のステージには必ず現れる。どんなに忙しくても無理やり仕事を終わらせて、ほんの少ししか聴けなくてもラストステージの途中に息を乱して来店する。

そんなにアンを気に入ってるの？

私よりも……？

時刻は十七時になっていた。この後はどこかで食事をしてお終い。

デートは今回の一度きりと約束してくれたから、仕事を絡めずに彼と出かけることは二度とないはず。彼が予想外の企みをしていなければの話だが。

連れていかれたのは、小丸百貨店の隣にあるタワーホテル九階のフランス料理店。ここは有名シェフの名前のついたレストランで、土日ともなれば予約が取りにくいと思われる。やはりこのデートは彼の企みで、かなり前から計画されていたことの証拠だろう。

そのことに加えて、こんな高級店で食事をすることにも不愉快になる。

亜弓のときにも何度もご馳走してくれたけど、ラーメンや焼肉など庶民的な場所ばかり。アンにかけるお金と意気込みが随分違うものだ。いつも高級店に連れていってほしいという思いではなく、差をつけられたことに胸が痛む。そして、自分に嫉妬するという滑稽《こっけい》さに呆れる私も同時に存在していた。

入口でコートを預けて、黒服のウェイターに席へと案内される。さすがに夜景の見える窓際席の確保はできなかったようで、壁側の入口に近い席だった。

ウェイターの引いてくれた椅子に座ると、メニューを一部ずつ渡された。

「お好きなものを」と彼に言われても、「なんでもいいです」とメニューを見ずにパタンと閉じてウェイターに突っ返す。

ウェイターは私と似たような年齢の男性で、営業スマイルを崩さずにいても、その目には非難の感情が浮かんでいた。きっと『この女はなにが不満なのだろう？』と思われていそう。こんなにいい男に高級店に連れてこられておもしろくない顔をしているのだから、悪く思われても仕方ない。

一方で支社長だけは動じずに「それでは、私と同じ季節のコースメニューにしましょう」と、全六品のコース料理を注文していた。

ほどなくして脚の長いグラスがふたつ運ばれてきて、ウェイターが乾杯用のシャンパンを注いでくれる。

淡い琥珀色の液体に気泡《きほう》が立ち上る様は美しいけれど、それを見ても上手く気持ちを立て直すことができない私。「私たちの初デートに乾杯」と彼がシャンパングラスを持ち上げても、グラスにも触れずに溜め息交じりにお願いした。

「麻宮さん、もう一度言いますけど、これっきりにしてくださいね」

「もちろん約束は守ります。デートはこれが最初で最後。アンとのデートは」

『アンとのデート』という部分を強調する彼に、まさかという思いが再燃しかけるが、ちょうど前菜が運ばれてきたので、気持ちを目の前のプレートに移して考えないように努める。

『ボタン海老とセップ茸のラビオリ、キノコソース』という名の前菜は見た目に美しく上品で、小さく切って口に入れると豊かな香りが広がった。

彼はひとりだけ楽しそうな顔をして、ナイフとフォークを美しく操りながら話しかけてきた。

「私はレネーの『A Love That Will Last』が好きで、よくＣＤで聴いています。今度あなたの声でも聴いてみたい。リクエストしてもいいですか？」

「いいですよ。やれるかやれないかは、そのときの演奏者次第ですけど、次のステージで提案してみます」

主にジャズとアルフォルトについて話しながら、ゆっくりと時は流れ、空席だった他のテーブルも予約客で埋まり出す。

前菜二品に続いて運ばれてきたのは、魚料理。『サワラと帆立のパートブリック包み焼きシェリービネガーソース』という長い名前のこの料理は、ふっくらとしたサワラの身が酸味の効いたソースとよく合い、私好みの味がした。

美味しいと思って食べる私に対して支社長は、目の前のひと皿に感動はないようで、「この後はやっと肉料理ですね」と、次を期待している。

そう言われて、思わず笑いそうになる。

アンの前だからと気取ってコース料理を選んでも、やっぱり肉だけを食べたいんじゃない。格好つけてないで、いつものように肉ばかり頼めばいいでしょうと、口に出さずに心でツッコミを入れていた。

するとと「やっと楽しそうな顔を見せてくれましたね」と言われ、慌てて表情筋を引きしめる。「そんなに楽しくもありません」と反撃してもダメージを与えられず、クスリと大人の笑い方をされただけだった。

その直後に彼はなにかに気づいた顔をして、スーツの内ポケットに手を入れる。取り出したのはスマホで、「失礼、仕事の電話が入りまして」と席を立つ。

着信音もバイブ音も聞こえなかったが彼はスマホを耳に当てながら店外に出ていき、スーツの背中が見えなくなった。

仕事の電話とは誰からだろう？と考える。私との企画の関係者なら、気になるところだ。

考えながら白ワインのグラスに口をつけ、魚料理を黙々と食べ終えたそのとき、今度は私のハンドバッグからスマホのバイブ音が聞こえてきた。取り出すと支社長からの着信で、驚いて落としそうになる。

気づかないことにして無視しようかと思ったが、仕事関係者からの着信の後にかけてきたということは、やはり私との企画絡みでなにかあったのだろうし、出なければマズイのではないかと思い直した。

でも、私まで店外に出ては食い逃げみたいで気になる。それに支社長と鉢合わせるのも困る。

手の中のスマホのバイブ音は一度途絶えて、またすぐに震え出す。まるで早く出ろというかのように。

それでマナー違反を気にしつつも、入口を警戒して、この場でこっそりと電話に出た。

「はい、平良です」

《ああ、よかった。繋がった。亜弓さん、今どこにいますか?》

「ええと……まだ会社です。出社ついでに企画とは無関係の仕事もやってしまおうと思いまして」

とっさに嘘をついてから、ハッとして焦り始める。周囲には食事を楽しむ人の声と、小さく流れるクラシックピアノ。会社にいないことは明らかで、さらにはこの店にいることに気づかれるのではないかと青ざめた。

しかし彼はそれについてなにも触れず、《それはご苦労様です》と労ってからすぐに用件に入った。

《私は今、札幌駅前のタワーホテル九階のフランス料理店にいるんですが、今すぐここに来てください。大事な書類を渡し忘れていました》

支社長は月曜日から本社に出張する予定だけど、その間に私がやるべきことは指示書にまとめられ、必要書類とともに渡されている。それらに不足があるようには思えなかったのに、なにを渡し忘れたというの？

それに加えて、なんで今言うのよ！という思いでいた。数時間前まで一緒に会社にいたのだから、思い出すならそのときにしてほしかった。

しかし不満よりも今はマズイという焦りの方が遥かに強く、背中に冷や汗が流れる。

「あ、あの、明日じゃ駄目でしょうか？　日曜はまだ札幌にいらっしゃるんですよね？」

《それが日曜は朝から晩まで用があって、時間が取れないんです》

「で、でも私はまだ仕事中で……そうだ、終わってから取りに行くということでもいいですか？　二十時くらいに」

今すぐというのは無理だから、このデートを終わらせた後に地味な私に戻り、彼に会うしかないと思っていた。それなのに……。

スマホの向こうで支社長がニヤリと笑っている気がするのは、気のせいだろうか？

《すみませんが、今しか都合がつきません。亜弓さんが来られないのなら、私が今から社に戻ります》と言われて、焦りが加速した。

今から社に戻られた方がもっと困る。彼より先に戻れる自信がないから。

そうされるくらいなら、私が取りに行くと言った方が時間が作りやすいと思い、「分かりました。すぐにそちらに向かいますので待っててください」と早口で言って通話を切り、スマホをハンドバッグに突っ込んだ。

そこに支社長が戻ってくる。何食わぬ顔して「長く席を外してすみません」と私に謝り、「さて、そろそろ肉料理がくる頃ですね。『フォアグラと牛フィレ肉のグリエ、ポルト酒ソースがけ』。楽しみです」と微笑みかけてくる。

フォアグラも牛フィレ肉もどうでもいいと焦る私は、ハンドバッグを手に立ち上がった。「ストッキングが伝線したので、その辺で買って外のお手洗いで履き替えてきます」と適当な嘘をつき、彼の反応を確かめる余裕もなく急いで店を出る。

その後はエレベーターを待っていることもできずに階段を駆け下りて、さらに地下街を猛ダッシュし、呼吸を乱しながら小丸百貨店一階のコインロッカーまで戻ってきた。

ひとつだけ幸いなことは、小丸百貨店とタワーホテルが地下街で繋がっていることだ。ここまで来るのにほんの二、三分しかかかっていないだろう。

荷物を取り出して小丸百貨店のお手洗いに駆け込み、今度は地味ＯＬの姿に変身する。

個室内で地味色オフィススーツに着替え、ウィッグを取って、使い捨てコンタクトレンズも外す。拭き取るタイプのメイク落としシートで濃いアイメイクと口紅やチークを落とし、黒縁眼鏡をかけた。

毟《むし》るようにピアスも取り外して個室を出ると、メイク直し中だった見知らぬ若い女性が鏡越しに私を見て、「えっ⁉」と驚きの声をあげた。

華やかなアンの姿で個室に入った数分後、出てきたのが別人のような地味女。一体なにが起きたのか、イリュージョンか？と驚くのも無理はない。

申し訳ないが彼女の驚きに対応している暇はなく、鏡でザッと全身を確認してから、膨らんだ紙袋を手にお手洗いを飛び出した。

時間を確認している余裕さえないけれど、きっとフランス料理店を出てから七、八分といったところだろう。走れば十分以内に戻れるから、書類を受け取り、今度はタワーホテルのお手洗いでアンに変身して、また店に戻れば、ストッキングを買って履き替えるという嘘との時間的な整合性はある……と思いたい。

肩で呼吸しながらフランス料理店のドアを開けると、黒服の店員に止められる。

「ご予約のお客様でしょうか？」

「予約客ではないんですが――」

「申し訳ございませんが、本日は満席となっております」

丁寧な断りの口調の中に、棘を感じていた。

もしかすると満席じゃなくても断られたかもしれないと思うのは、このひどい格好のせいだ。

通勤用のコートは前を閉めている余裕もなく、中の地味なパンツスーツが見えている。しかも紙袋に突っ込んでロッカーにしまっていたから皺が寄り、だらしない印象を与える。ひとつに束ねた髪も乱れているし、メイクは拭き取った後に直していないから崩れているどころじゃない。まるで徹夜明けのＯＬといった見た目の私が、この店に入るのは失礼だった。

「すみません、すぐに出ていきますが、店内の知り合いに呼び出されていまして」と店員に事情説明していたら、気づいた支社長がやってきた。「お手数おかけしました」と彼からも店員にひと言謝罪を入れ、私を連れて店外に出る。

「随分と早いですね。会社からだともう少し時間がかかると思っていました」

「今すぐと言ったのは支社長じゃないですか。タクシーを飛ばして来たんです」

今日何度目かの嘘をつくと、「それはすみませんでした」と彼はジャケットの内ポケットに手を入れて「タクシー代を」と言う。

「いりません。それよりも書類をください。私、急いでるので」

なにをそんなに急ぐ必要があるのかと、追及されることはなかった。

内ポケットから彼が取り出したのは財布ではなく、うちの社の封筒で、取引先の宛名が印字されていた。

それを私に差し出し、彼はにっこりと笑う。

「これをポストに投函してください」

ポストに投函って……。

驚いた後は、震える声で問いかける。

「そんなことのために、私は呼び出されたんですか？」

「そうですが、なにかおかしな点がありますか？」

シレッとのたまう支社長に、開いた口が塞がらない。おかしい点ばかりで、『そんなのあなたが帰り際にポストに入れたらいいでしょう！』と怒ることもできずにいた。

支社長は一体、どうしてしまったのだろう？　アンとのデートに舞い上がって、頭の回線が数本切れたのか。いや、まさかこれは……。

また〝まさか〟な予感が込み上げて、慌ててそれについて考えることをやめ、封筒を手に取る。

「分かりました。これをポストに入れておきます。それでは私は社に戻って仕事の続きをしますので」

早口で言って彼に背を向けると、「お疲れ様でした」と声をかけられた。

その声に笑いを堪えているような気配があることにも気づいていたが、〝まさか〟の方向へ意識が向かいそうなので、考えることを拒否して階段へと走り出した。


それから数分後、アンの姿をした私は、またフランス料理店に戻ってきた。

タワーホテルのロビーのお手洗いで着替え、クロークに荷物を預けたから移動距離は短く、小丸百貨店まで戻ったときよりは楽だった。

とはいえ、焦ったり走ったり変身したりを繰り返したため、疲労は隠せない。

支社長はひとり優雅に赤ワインを楽しんでいて、着席した私に一見、紳士的な笑顔を向けてきた。

「アン、お帰りなさい。ストッキングはどこで買ったんですか？」

「その辺です。時間がかかってすみませんでした」

「いえ、問題ありません。私の肉料理は食べてしまいましたが、あなたの分は待ってもらっています。出来立ての温かいものの方が美味しいから」

すぐに目の前に口直しの小さなシャーベットが出され、それを食べ終えるのを待っていたかのように、フォアグラと牛フィレ肉のグリエが運ばれてきた。

美味しそうだけど疲れているせいか食欲が湧かず、ひと口食べてはナイフとフォークを置いて溜め息をついていた。

「どうしました？　魚料理は美味しそうに食べていたのに、急にナイフが動かなくなりましたね。口に合わない？」

「美味しいですよ。でもなぜか進まないんです。どうしてでしょうね」

質問に答えながら、睨んでしまう。

支社長がわけの分からない用事で呼び出したりしなければ、この肉料理も美味しく食べられたはずなのに。

いくら睨んでも彼は楽しそうな顔を崩さないので、諦めて視線を料理に戻し、止めていた手を動かす。

彼と私のふたりして、食事の途中で席を立つというマナー違反をしているので、残すのが店の人に申し訳ない気持ちになり、無理して完食した。

次はデザート。チョコレートケーキとベリーソースのかけられたバニラアイスにフルーツが添えられている、芸術的なひと皿が目の前に出された。

それを見て、いくらか気持ちを立て直す。綺麗で美味しそうというよりも、これを食べたらデートはお終いという安堵の気持ちでいた。

突然の休日出社の連絡から始まり、支社長室でキスされた二時間後には、大事な約束があるからと放置された。アンの姿でデート中なのに呼び出されて、何度も着替えをする羽目になった。

今日は心身ともに疲れたから、もう帰りたい。家に帰ってゆっくりと湯船に浸かり、焦りも怒りも疲労も、すべてをお湯に流してしまいたい。

デザートを食べながらの会話は、マスターのこと。マスターのマニアックなジャズ知識に話を合わせられるように、かなり調べたという暴露話をされた。それとプレミアレコードを、これまでに計三枚もプレゼントしているということも。

なぜそんな話を私にするのだろう？と思っていた。アンとデートするため、マスターを味方につけるという腹黒さを暴露することに、一体どんな利点があるというのか。

「したたかですね」と嫌味な感想を言っても、「私を理解してくれて嬉しいです」と言われただけで、その笑顔を最後まで崩すことができなかった。

時刻は二十時近くなる。周囲のテーブルはまだディナーの真っ最中だが、十七時に入店している私たちは席を立った。

「ありがとうございました。またお越しくださいませ」

黒服の店員が、迷惑な客だった私たちにそんな言葉をかけてくれたのは、支社長が多めのチップを渡していたせいだろう。

店を出たところで、「アン、この後、展望ラウンジで飲みませんか？」と誘われた。

展望ラウンジは、このタワーホテルの最上階にある。利用したことはないけれど、美しい夜景を見ながら美味しいお酒を楽しめるという話を聞いたことがある。

こんなに疲れているのだからもう解放してほしいという気持ちで、「帰ります。食事までという話でしたよね」と断った。

しかし正直言うと、ほんの少しだけ後ろ髪を引かれる思いもある。

美味しいお酒と美しい夜景という言葉は魅力的。それに……。

このまま甘い展開なしに帰るのは、少し惜しい気持ちになってしまう。

正体がバレる恐れがあるので、彼との関係は客とシンガーに止めておきたい。その考え方は揺るぎなく心の中にあるのに、どうしてだろう？

昼間の支社長室での不完全燃焼のキスが、こんな気持ちにさせるのか？

だとしたら、あれも彼の作略だったり……いや違う。あのときは亜弓で今はアン。

彼は私の正体を知らないのだから。

相反する自分の気持ちに心で疑問を投げつつも、「帰ります」ともう一度口にする。

断られた支社長は意外とあっさり引き下がる。

「ではタクシーで、自宅まで送りましょう」

「いえ、結構です。まだ遅くないですし、日用品を買って帰りたいので、ここでお別れです」

「そうですか。分かりました。今日は付き合ってくれてありがとう」

差し出された右手と握手すると、彼の手の温もりを感じた。私より少し温度が高くて、包み込むような大きな手は心地いい。

この手を繋いで一緒に歩くことができたなら……ふと、そんな気持ちにさせられて、慌てて手を離して首を横に振る。

「アン？」

「なんでもないです。それじゃ麻宮さん、今度はアルフォルトで」

背を向けて歩き出す。

エレベーターでロビーまで下り、クロークに預けていた荷物を受け取ると、ハンドバッグの中のスマホが震えた。ロビーのソファに荷物を置いてスマホを取り出すと、また支社長からの着信だった。

それを目にしてガックリと項垂《うなだ》れ、ソファに座り込む。

〝まさか〟という疑惑がまたしても心に湧いて、今度は隅に追いやることができなかった。

手の中のスマホは震えるのをやめてくれたが、またすぐに震え出す。それが三回繰り返されて、諦めて電話に出た。

「はい、平良です」

《亜弓さん、お疲れ様です。申し訳ないけど、渡すものがまだあったから、今からこっちに戻ってきてください》

三度目の呼び出しに、もう慌てることも怒る気力もない。それに、電話に出る前から、そう言われるだろうと予測してもいた。

それで「分かりました。すぐに戻ります」と返事をしたら、彼が一拍、間を置いてから《断らないんですか？》と聞いてきた。

「もう逃げ道はないようですから。場所は展望ラウンジですよね。七、八分後にそこで」

返事をして通話を切った後は、おもむろに立ち上がり、お手洗いに向かう。

まさかという思いは、もう消せない。

そう、私も結構前から気づいていた。正体がバレているということを。

その気づきを必死に頭の隅に追いやって、意志の力で考えないようにしていたのは、負けるのが悔しかったからなのか……。

お手洗いで何度目かの変身をして、素顔の自分に戻る。

ボサボサの黒髪はブラシで梳かしてひとつに結わえ、メイクは一度完全に落としてから、色味の薄いナチュラルな雰囲気にした。地味色のパンツスーツの皺をできるだけ伸ばして正しく着ると、コートを小脇に抱えて荷物を持ち、エレベーターで最上階まで上がった。

展望ラウンジは三十五階にあり、フカフカなカーペット敷きの店内に一歩足を踏み入れると、ガラスの壁の向こうに札幌の夜景が美しく広がっていた。照明が低く落とされた大人の空間に歌のないジャズが流れている。

長いカウンターテーブルがガラスの壁に向けて設置されていて、その端の席にネイビースーツの支社長の背中が見えた。

近づいてきた黒いベストを着たボーイに、待ち合わせであることを告げて奥へと進み、隣の椅子に腰かけて、荷物をテーブルの下に置いた。

夜景から私に視線を移した彼は、クスリと笑いながら手を伸ばす。男らしい長い指先が触れたのは、耳に下がるアメジストのピアスだった。

「外すのを忘れていた……というわけではないようですね」

「はい。私の負けですから、ごまかすのはもうやめます。それに、これ以上、着替えさせられるのも嫌ですし」

注文を取りに来たボーイに、メニューを見ずに「マタドールはありますか？」と聞いた。

「はい、ございます」

このカクテルは、アルフォルトのステージ後によく支社長に奢ってもらうものだ。もうアンとの共通点を隠す必要がないから、飲みたいものをためらいなく注文した。

ほどなくして運ばれてきたカクテルグラスと、彼のブランデーグラスを合わせて乾杯し、マスターの味より少し甘いと思いながら口にして、それから聞いた。

「いつから気づいていたんですか？」

今日に限らず、思い当たる節は色々とある。

カイトに襲われかけたマスターの誕生日会では、彼はアンを『亜弓さん』と呼び間違えた。それより前には、私が支社長室に忘れた抹茶プリンを差し入れだと言って渡してきたし、初来店のときにはズバリ『亜弓さんですよね？』と問いかけられた。否定したらそれ以上追及はされず、納得したように見えていたけれど。

私の質問に彼は「最初からですよ」と楽しそうな顔をして言う。

「でも、私が違うと言ったら、すぐに引き下がりましたよね？」

「そうですね。確信はありましたが、あの時点ではなにを言っても認めないだろうと思ったので。できるなら、あなたの口から言わせたかった。それでしばらくは騙されていることにしました」

言われた通り、初来店の日に問い詰められたとしても本当のことは言わなかった。バレたら副業を咎められると思っていたし、彼のことは社内でからかってくる迷惑な人だという認識しかなく、まるで信頼していなかったから。

副業を知ってから半年も歌わせてくれたということは、どうやら彼にジャズシンガーをやめさせる気持ちはないようだ。それでも念のため、「私はこれまで通りに働きつつ、夜は歌ってもいいんですよね？」と確認したら、「もちろん」と言ってもらえた。

「社内規則のことなら心配いりません。本業に差し障りのない副業なら、やめてとは言わない。あなたの場合、ときどきアンに変身することで心が潤うようですし、私がアンの歌を聴けなくなるのは困ります」

「よかった……」とホッとして呟くと、彼はクスリと笑い、テーブル上で手を重ねてきた。彼の瞳に夜景が映り込み、甘く輝くから、鼓動が加速する。大人の色香を放ちながら「騙されたふりをしたのには、もうひとつ理由があります」と彼は言った。

「チャンスだと思ったんです」

「どんなチャンスですか？」

「私に興味を持たないあなたを、振り向かせるチャンスです。我ながら上手くいったと思っているけど、どう？　初来店の日と比べ、亜弓さんの気持ちはどんなふうに変わりました？」

この半年間、どれほど心を乱されたことか。正体がバレないようにといつもヒヤヒヤさせられ、常に支社長の存在を気にしていた。

亜弓にもアンにも迫るいい加減な人だと思ったのに、惹かれる心に歯止めが効かず、それでもなにかと理由をつけて、必死に恋心に抗おうともがいていた。

それらはすべて彼の作略で、私は彼のストーリー通りに心まで動かされたということだ。

甘く誘う瞳と、ニヤリと不敵に笑う口元。

完敗を認めてしまえば意地を張る気持ちは湧かず、素直なおかしさに笑うだけ。

「支社長の思惑通りですよ。これっぽっちの興味もなかったのに、今は見事に、あなたのことで心がいっぱいです」

「では、私と付き合ってくれますか？」

「こんな地味な女でよければ。支社長は変わり者ですね。アンだけならまだ分かるけど、誰も素顔の私を欲しがらないのに」

すると重ねられていた彼の手が離れ、私の眼鏡を取り上げる。

ぼやけた視界の中で「見えにくいです」と文句を言えば、「もっと近くに寄りましょうか」と言われて、顔の距離が二十センチほどになる。

息のかかる至近距離で、顎の下に彼の指が添えられ、囁かれた。

「他の男たちは見る目がないようですね。私なら、あなたを褒める言葉を百通りは並べられる。でも今は……この欲望に任せて、とても美味しそうだとだけ言っておきます」

人目があることを気にしつつも、胸を高鳴らせてキスを待つ私。でも、それは与えられずに距離を戻され、眼鏡を返されたのも、彼の作略なのか……。

不満げな私の前で、彼は胸ポケットに手を差し入れ、金色に輝くカードを指に挟んで取り出した。

「なんのカードですか？」

「このホテルのスイートの鍵です。今夜は帰しませんので、覚悟してください」

「用意周到ですね……」

部屋まで取っていたのかと驚き呆れていた。

でもすぐに楽しい気持ちに変わり、プッと吹き出して笑ってしまう。

スイートルームなんて地味な私には似合わないけど、せっかく彼が企んでくれたことだから、今夜はその甘さに浸らせてもらおう。

差し出された手に掴まって椅子を立ちながら、そんなことを考えていた。


タワーホテル三十四階にあるスイートルームの浴室に、私たちの声が響く。

ジャグジータイプの丸い浴槽はふたりで入っても余裕の広さがあり、私は泡風呂の中で支社長に背中を抱かれていた。

泡の下では彼の手が、私の体をゆっくりと撫でている。お返しに彼の太ももを洗うように撫でていると、耳元にかかる吐息の熱が増した気がした。

「こうして、あなたを抱きしめて触れることができるのは幸せだけど、泡で見えないですね。じっくり観賞したいから、ジャグジーの縁に座ってください」

湯の表面がモコモコの泡で覆われているからこそ、一緒に入ろうという誘いに乗ったのに、それは困る。裸をじっくりと見られるのは恥ずかしく、私の体はどう評価されるのかと、気になって落ち着かない。

「恥ずかしいから嫌です」と断っても、「そういう顔も見てみたい」と言われ、抱え上げられてジャグジーの縁に座らされた。

背中は壁で、両足は湯の中に。

泡が体にまとわりついて隠してくれていたのに、彼が手でお湯をすくってかけるから、つるりと滑り落ちて明るい光の中に晒された。

眼鏡を外しているので視界はぼやけても、私の胸やお腹や太ももに、撫でるように彼の視線が動くのが伝わってくる。

胸は人並みより少し大きめで、ウエストは細め。背中や胸元の開いたステージ衣装を着るから、スタイルや肌質には気をつけているつもりだった。

自信がないわけじゃないけれど、きっと彼の歴代の彼女たちの方が優れているだろうと想像して、胸元を隠してしまう。

すると湯に浸かりながら眺めている彼が、「綺麗ですよ」と褒めてくれた。

「本当ですか？」

「もちろん。あなたは誰より美しい。自信を持ってください。さあ、手を外して、すべてを見せて」

その褒め言葉は過大評価に違いないが、彼の目にはそこそこ美しく映るのだろうと安心して、腕を外した。

肌を滑る、彼の視線がくすぐったい。

触られていないのに、体が内側から火照り出し、息が熱くなるのを感じていた。

そのうちに、見られるだけの状況が物足りなくなる。

触れてほしい。その指先と唇で。

筋肉質の胸に抱いて、もっとあなたを感じさせて……。

言葉に出さずとも気持ちは表情に表れていたようで、彼が湯の中に立ち上がった。

均整の取れた筋肉美を惜しげもなく披露する彼は、スーツ姿のときとまた違った魅力に溢れ、ゾクゾクするほどの色香を放つ。

甘い瞳は私を見下ろし、指先は顎の下に。上を向かされるとすぐに唇が覆われて、湯気の中で舌を絡め合った。

深く濃厚な長いキスで私を充分に蕩《とろ》けさせてから、熱い舌先が移動を始める。

私の唇を離れて下へ、さらに下へと。

この水音は湯の音なのか、それとも私の音なのか……。

強烈な快感に喘《あえ》いでいたら、突如刺激がやんで、体を横抱きに抱え上げられた。

チュッと軽いキスをくれてから、彼が上気した顔で言う。

「続きはベッドで。これ以上は我慢できません」


スイートルームのレースのカーテン越しに夜景が見える。

眼鏡を外しているせいで、光が四重、五重にも重なり、展望ラウンジで見た景色よりも幻想的に美しく感じた。

激しい二度の交わりは先ほどようやく終わりを迎え、喘ぎ疲れた私はクイーンサイズのベッドで彼の腕の中にいる。

「今何時ですか？」と問いかけると、彼は上半身を起こして窓を見た。

「零時十二分です」

サイドテーブルの時計ではなく外を見たということは、大通公園にそびえるテレビ塔の電光表示を確認したのだろう。

「そろそろ寝ましょうか？」と聞かれたが、首を横に振る。

体は疲れて眠りを求めていても、この時間を終わらせるのがもったいない。それに目覚めたら自宅のベッドで、すべてが夢だったというオチだったりして……と、非現実的な想像をしていた。あまりにも素敵な体験だったので、そう思うのだろう。

そんな私に対し、彼はどう感じたのかと、ふと疑問が湧く。いちいち彼の評価を気にしてしまうのは、やはり自分に自信がないせいなのか……。

夢のような幸せを与えられ、逆に不安になってしまう私。

大きな手の平が宥めるように頭を撫でてくれて、優しい瞳で見下ろされた。

「眠るのが惜しいと思ってるなら、心配いらない。またすぐにふたりの時間を作ります。あなたは想像以上の美味しさで、私の方が食欲を抑えられない」

その言葉に自然な笑みがこぼれた。彼が私のどこを気に入ったのかが分からないから、美味しかったと言われるだけでもホッとする。

すると彼は小さな溜め息をついて、「なぜ自信を持たない？」と問いかけてきた。

「それは……地味ですから。好きで地味を貫いていても、男性の目にどう映るのかは知っています。隣に連れて歩きたい女じゃないですよね」

思えば、子供の頃から地味だった。両親も兄も地味な見た目をしていたから遺伝的な性質なのか、それとも育った環境の影響か。

高校生のときにひとつ上の先輩に恋をして、相手に好かれたいと、当時流行《はや》りのファッションやヘアスタイルに挑戦してみたけれど、そうした途端に恋心がスッと冷めてしまった。

こんなのは私じゃない。私じゃない私を好きになってもらうことに、一体なんの意味があるのだろう？とひとしきり考えた後には、恋する気持ちさえ馬鹿馬鹿しく思えた。

それ以降は、いいなと思う男性が現れても、ステージ以外では地味を崩さなかった。そのせいでカイトを含め、アンに惚れた男性たちをガッカリさせて、短い期間で別れることを数回繰り返した。

そういう乙女心の足りない自分を正直に説明して、その上で「支社長は本当に地味な私でもいいんですか？」と再確認してみた。

すると頭を撫でてくれた手が、布団の中から私の手を引っ張り出して、指を絡めて繋いでくる。安心を与えるような落ち着いた低い声で、彼は語り出した。

「自分のスタイルを持っている亜弓さんは、魅力的な女性です。周囲に流されずに、自分らしく自分の望む方を向いて、しっかりと生きている。それに比べて私は、親の敷いたレール上を歩くだけ。私の目にはあなたが眩しく映り、尊敬の念が湧いてきます」

　地味という、他の男性からはマイナス評価の私らしさを、上手に褒めてくれた彼。尊敬するとまで言われては、私を求める気持ちを疑うことはできない。

　そのことに安心して喜んだ後には、『親の敷いたレール』という言葉に引っかかった。

　頭に浮かぶのは、ステンドグラスの美しい教会で語られた夢物語。彼の望む未来はアサミヤ硝子の経営者になることではなく、自分ひとりの力とセンスで勝負するガラス職人。物質的に豊かな環境に育っても、親の愛情を感じられずにいたせいか、温かな家庭を築きたいという結婚願望もあるようだ。

　しかし、レールから外れることのできない大人の事情が彼にはある。

　部外者の私なんかが安直に口を出すべきではないと分かっていても、「ガラス職人、やればいいのに……」と独り言として呟いた。

「言ったでしょう？　もう遅いと」

「支社長はまだ三十二です」

「先月三十三になりました。最近、思うんです。あと十年早くあなたに出会えていたら、若者の身勝手さを理由にして、生き方を変えられたんじゃないかと……。心配してくれてありがとう。亜弓さんは優しいですね」

寂しく笑う彼に優しいと言われ、心がチクリと痛んだ。

優しさではなく、狡《ずる》いことを考えていた。彼がレールを外れてくれたら、ずっと側にいられるかもしれないと思っていたのだ。

札幌支社の赴任期間は、あとどれくらい残されているのだろう？

数年の修業の後に本社に戻って重役の座に着き、ゆくゆくは代表取締役社長になる彼。きっと向こうには彼に相応しい女性が用意されているだろうし、彼が東京に帰るときが、この恋の終わりだと予想していた。

それを昨日までの私は『遊んで捨てられる』とひどい言い方をしていたけれど、今はそう思いたくない。札幌にいる間だけは、本気で私を求めてくれたと思いたい。

今までは正体がバレたくないというストッパーがあったが、それが外された今は恋心がみるみる急加速していて、彼の思いを疑いたくなかった。

いつか離れる日が来ても、この人と付き合えてよかったと思える恋愛がしたい。

彼には、私と付き合ってよかったと、いい思い出にしてもらいたい。

口には出さずに、じっと見上げていると、困ったような顔をされた。

「そんな顔をしないで」と言われたが、特別に感情を出しているつもりがなかったので、自分の顔に触れて確認してみる。

するとクスリと笑われて、その瞳が急に欲情を取り戻すのに気づいた。

「こんなに近くにいるのに、寂しそうにされたら困るよ。どれだけ近づけば、あなたは安心してくれますか？」

言いながら彼はサイドテーブルに腕を伸ばして、小さな銀色のパッケージを手に取った。羽布団を勢いよく剥がされ、裸の私の上に素早く跨《またが》った彼は、それを歯で破いている。

二度激しく交わったばかりなのに、すごい回復力……。

三度目は前戯なしで入ってきて、それもまた刺激的でたちまち快感の波に襲われた。

これでは確かに彼の将来を案じる余裕も、いつか訪れる別れを寂しがる余裕もない。

同じリズムを刻み、唇を合わせる私たち。夢の世界に揺られながら、抱き合える喜びと幸せに、どっぷりと浸るだけだった……。

雪とガラスのマリアージュ

札幌の街に雪が降る。

葉を落とした木々も、アスファルトも建物も、すべてが白く染められて、雪景色を目当てにした観光客も増えてきた。

大通公園は市が主催しているイルミネーションのイベントに加えて、うちの会社の発光ガラスのオブジェが展示され、道行く人々の目を楽しませている。

そして、明後日はクリスマスイブで、雪とガラスのマリアージュ企画の本番。

十三時半からの会議のために、事業部の半数の社員と、総務や広報の数人が、ぞろぞろと会議室に移動していた。明日は祝日のため、今日が最終打ち合わせとなる。

いよいよだと気合いを入れる私の隣には、智恵がいる。彼女が張り切って話しかけているのは私ではなく、ふたつ上の男性社員、井上さん。「それで亜弓は支社長と先月から……」と、私の恋愛について得意げに教えている最中だった。

支社長との交際は、特別秘密にしていない。社内でいちゃついたりはしないけど、残業後にどこに食事に行こうかと廊下で相談したり、『明日は休日。今夜はゆっくり楽しめますね』などと際どい会話を事業部内でされたこともある。

しかし……。

井上さんが心配そうな顔を智恵に向けている。

「もしかして昨日、徹夜でもした？　明後日の本番が終われば仕事量も減るし、有給使ってゆっくりした方がいいよ」

どうやら智恵の話は妄想だと受け取られたようで、隣で黙って聞いていた私は、やっぱりねと思っていた。

オープンな付き合い方をしていても、誰も私たちの交際に気づかないのは、やはりありえない組み合わせだからだろう。いい男の代表のような支社長の隣に地味な私がいると、『仕事の話をしているに違いない』という先入観が働くのか、際どい会話も耳に入らないみたい。

いや、もしかすると、彼の輝きにかき消されて、地味すぎる私の存在自体が見えないのかもしれない。

「もう、なんで信じてくれないのよ！」と、井上さんに心配された智恵は怒っていた。

会議室の前に着き、ぞろぞろと中に入っていく私たち。室内には支社長がいて、私に気づくとすぐに、にこやかな笑みを浮かべて近づいてくる。

「亜弓さんは、私の隣の席へ」

そう言って自然な動きで腰に腕を回してくるから、後ろの智恵が「ほらね！」と、息を吹き返したかのように井上さんにアピールしている。

肩越しにチラリと振り向くと、「なにが？」と首をかしげる井上さんがいて、智恵は「なんでよ……」とガックリと肩を落としていた。

ムキにならなくてもいいのに。変に噂されるよりも平和に過ごせるし、信じてもらえないのも悪くないと私は思っていた。


それから四十分後、本番前の最終打ち合わせが終わり、広い会議室内には私と支社長だけが残っていた。ホワイトボードの自分で書いた文字を消しながら、ノートパソコンを閉じようとしている彼に話しかける。

「本番の夜は、クリスマスイブと土曜が重なって、集客率も高そうですね」

「そうですね。結婚するふたりの招待客は三十名ほどと少なくても、道行く観光客や市民が足を止める。八丁目会場は溢れるほどの人だかりになりますよ」

広報部が宣伝に力を入れてくれたこともあり、公開ウェディング目当てに来る人も大勢いそうな気がする。土壇場で、警備人数を十名増やすことにしてよかった。マスコミの取材申し込みも数件入っているし、なんとかかけた金額に見合う宣伝になりそうな予感。あとは実際に、発光、蓄光ガラスの販売促進に繋がれば……。

ホワイトボードの文字を消し終えて「事業部に戻りますね」と声をかけたら、立ち上がった彼が私を腕に抱く。

「ステージにも立てないほどに忙しくして、すみません」

「仕方ないですよ。今が大詰めなんですから」

企画が始動してからの七カ月ほど、ずっと忙しい日々を送っていても、アルフォルトの日は支社長の配慮で残業せずに済んでいた。しかし、さすがに本番が迫ると、そういうわけにいかない。今週のステージは火曜日に頼まれていたけど、無理だと思って別のシンガーに代わってもらった。

それを気にする彼の胸元を軽く押して目を合わせ、「謝らないでください」と微笑んで見せた。

「支社長に仕事を押しつけて、私だけステージを楽しむのは嫌です。あと少しですから、一緒に頑張らせてください」

「そう言ってもらえると楽になります。これが済めば、あなたの歌を楽しんで、ゆっくりとふたりの時間を作りたい。しばらく我慢している分、夜は激しくなりそうです。

亜弓さんが壊れないといいけど……」

私のお尻を撫でてニヤリと笑う口元に、赤くなるのではなく呆れていた。

しばらく我慢していたと言うけれど、一週間前に支社長の自宅で抱き合ったばかりなのに。まだ交際期間がひと月ほどでも、どれだけ体を重ねたことか。

人並み外れた精力は、肉中心の食生活をしている影響だったりして。だとしたら、そっち方面も適度になるように、やはり食事バランスを整えてあげないと……。


会議室を出た一時間後、私は地下鉄に乗って円山公園駅で降り、そこから雪の中を十分ほど歩いてブライダルハウス・ロマンジュにひとりで向かっていた。

こちらの方も最終打ち合わせで、挙式するカップルと約二カ月半ぶりに顔を合わせることとなる。

支社長は別の仕事が入っているので来られず、今日は私がすべてを任されていた。といっても、当日の動きの再確認だけで、新しく取り決めることはなにもないけれど。

二階建ての白い建物が、雪と同化して霞んで見える。

白い息を吐き出してガラスのドア前にたどり着いたのは、約束の十分前。ちょっと早いけど、外で待つのは寒いから入らせてもらおうと思い、厚手のベージュのコートを脱いで雪を払って小脇に抱え、扉を開けた。

ドアベルが鳴り、すぐに花村さんが出迎えてくれると思ったのに、誰も出てこないばかりか、なにか様子がおかしい。パーテーションの奥のテーブルスペースから、言い争うような声が聞こえてくる。

「ひどいよ遼くん！　もうそういうのには行かないって約束したのに、嘘つき‼」

「仕方ねーだろ。男の付き合いってもんがあんだよ。キャバくらいで喚くな」

「キャバクラ嬢とイチャイチャしながらじゃないと駄目な付き合いって、意味分かんない！　遼くん、私のこと大事じゃないの？」

これって……うちの企画で挙式予定のカップルの会話に間違いない。

そこに花村さんの「落ち着いてください！　座って話しましょ？」と慌てる声が加わり、ただならぬ雰囲気だ。

慌てて駆けつけると、花村さんはほとほと弱った顔をして『どうしましょう？』という目を向けてくる。

喧嘩中のカップルはというと、彼は面倒くさそうな顔で彼女に背を向けて座っていて、彼女の方はその背をポカポカと叩きながら涙目で文句を言い続けていた。

きっと結婚するにあたり、そういう夜の店には行かない約束を交わしていたのだろう。それが早くも破られて、彼女の逆鱗《げきりん》に触れたようだ。

このカップルに初めて会ったときの『大丈夫だろうか？』という危惧が、現実のものになろうとしていた。

二十一歳と二十歳のこのふたり、年齢的な若さの他にも、酔った上でのプロポーズや、お金をかけずに挙式ができるからという即断ぶりが心配だった。個人的にはこのまま結婚しても上手くいかない気がするし、『この喧嘩を機会に、もう一度よく考えてみては？』と言いたいけど、企画を進める者としては、こんなに直前で結婚をやめられては困る。

焦ってまずは彼女の方を宥めにかかった。

「鈴木夢さん、同じ女性として怒る気持ちは分かります。ですが、どうか彼を許してあげてください。たった一度の過ち。一生一緒に過ごす相手ですから、どうか……」

次はふてくされている彼に語りかける。

「山田遼さん、男性にしか分からない付き合いがあるのは理解できます。ですが、まずは約束を破ったことを謝った方がいいのでは。どうかお互いに歩み寄ってください。明後日は挙式で、その後はずっと一緒に生きていくんですから……」

私の言葉で、怒りをぶつけていた彼女の動きがピタリと止まった。その顔からは先ほどまでの怒りが消え、彼の背中を叩いていた腕を静かに下ろすと、「そっか、結婚したら一生一緒にいるんだ……」と、しみじみと呟いている。彼の方も「ずっと一緒に……」と私の言葉を口にして、なにかを考えているように黙り込んだ。

喧嘩は収まったようで、花村さんと顔を見合わせてホッと息を吐き出す。

しかし、その直後にふたりが声を揃えて「結婚やめます！」と言うから、さっきよりも慌てふためくこととなった。

椅子を鳴らして立ち上がり、出口に向けて歩き出す彼。その後ろに彼女も続く。

花村さんとふたりで慌てて前に回り込み、行く手を塞いで説得した。

「待ってください！　ドタキャンされたら困るんですよ。この企画は最終段階に入っているし、もう後戻りできないんです」

「あんたらには悪いけど無理。こんなヒステリー女と一生一緒にいられるかよ」

「はあ？　こっちの方がお断りだから。遼くんは嘘ついて約束破る人だった。結婚する前に気づいて本当によかったよ」

立ち塞がる私たちを押し退けるようにして、ふたりは外へ出てしまう。「待ってください！」と声をあげても足を止める気配はなく、ふたりの姿が雪の中に霞んで見えなくなった。

店内に戻り、ドアの前で呆然と立ち尽くす私に、花村さんが「どうします?」と問いかけてきた。

どうするって……どうすればいいのよ。

大きく息を吐き出して、ポケットからスマホを取り出すと、支社長に電話をかけた。私にはこの最悪な状況を打開する案は見つけられそうになく、報告して指示を仰ぐ以外になにもできない。

コール音は五回鳴り、仕事中で出られないのかと諦めかけたら、彼の声がした。《かけ直します》とひと言で通話は切られ、それから三十秒ほどして着信がきた。

《亜弓さん、どうしましたか?》

その頼れる深みのある低い声を聞くと、いくらか心に落ち着きが戻ってくる。

支社長なら、きっとなんとかしてくれる。そんな縋る思いで事情を説明した。

「ということになって、結婚をやめると言われてしまいました。私の力不足で申し訳ありません。この後、どうしたらいいんでしょう? 企画を中止の方向で進めるしかないんでしょうか?」

中止を決めたとしても、各方面への連絡とお詫びなど、また忙しくなる。それにアサミヤ硝子の名前に傷をつける結果となるし、コラボしてくれるこのブライダル会社の評判も落とすことになる。

説明を終えた後は、溜め息しか出てこない私。

一方、スマホの向こうの彼に動揺はなく、《やはりそうなりましたか》と、予想していたかのような返しをされて、その後に頼もしい言葉をくれた。

《大丈夫。すぐに代役を用意しますので》

「代役？　こんな土壇場で、企画に乗って結婚してくれるカップルがいるんですか？」

《代役にはデモンストレーションという形で挙式をしてもらいます。いずれは結婚するふたりですが……さすがに本当の挙式とするには、色々と面倒な問題が生じるので》

つまり、支社長は結婚予定のカップルを知っていて、デモンストレーションという形でなら協力を頼めそうだと考えているみたい。もしかして智恵のことだろうかと思い、「事業部の杉森智恵ですか？」と聞いたら、笑って《違います》と返される。

今、名前を教えてくれないということは、私の知らない人なのだろう。引き受けてくれるなら誰でもいい。救われた思いだ。

でも、広報部が制作したポスターやウェブサイトの広告には、デモンストレーションという言葉を記載していないけど、大丈夫だろうか？　いずれは結婚するふたりなら、嘘の広告には当たらないか……。なるべくなら早めに入籍してほしいところだけど。

支社長が示してくれた代役案のお陰で、焦りは完全に引く。「それじゃ早速、代役のふたりに連絡と企画説明を」と言ったら、《すべて私がやりますので》と返された。

「でも、支社長は別の仕事もあるでしょうし、手が空いている私の方が――」

《大丈夫です。任せてください。それより亜弓さん、花村さんに代わってもらえますか？　急いで相談したいことがあるので》

「は、はい」

「すみません、支社長が……」と、スマホを花村さんに渡したら、彼の声はもう私の耳に届かない。「えっ⁉　あらまあ、ウフフ」と楽しそうな反応を見せる花村さんに、なんの相談なのかと首をかしげた。

二分ほどして通話を切った彼女にスマホを返される。

気になって「支社長はなにを言ったんですか？」と尋ねたが、なぜか教えてくれず、「直接お聞きになってください」と笑顔を返された。

企画をともに進める上で情報共有は必須なのに、なぜ……？

花村さんは既婚者で十五歳ほど年上の女性だけど、私の恋人と内緒話をされた気分で少しだけ嫉妬してしまう。

そんな私の心を知らない花村さんは、「あちらでお茶を飲んでいってください。美味しいお菓子もあるんですよ」と親しげに話しかけてきて、さらには「そういえば、うちの姉妹店でドレスをお作りになったんですよね？　細かな採寸記録は残ってますよね」と、仕事と無関係な話題にすり替えられてしまった。

お茶を飲みながら、雑談に花を咲かせていられる状況じゃないのに、なんて呑気《のんき》な人なの……。

十二月二十四日、クリスマスイブ。

今日はいよいよ雪とガラスのマリアージュ企画の、ウェディング本番だ。

開始は十七時からで、事業部のほぼ全員と他部署の数人は昼から出社し、直前の準備に勤《いそ》しんでいた。

支社長は『すみません、出かけてきますのでなにかあったら連絡を』と言い置いて、十四時過ぎに会社を出てから戻らない。

準備は滞りなく進んでいるし、あとは牧師と代役カップルが来るまで、特別な仕事はないけれど……。

ここは大通公園の西八丁目。冬空にそびえるテレビ塔を見ると、時刻は十五時二十分になっていた。

夕日は手稲山《ていねやま》の稜線《りょうせん》にほのかに赤みを残すだけで辺りは薄暗く、早くも夜の気配が漂い始めている。イルミネーションは少し前に点灯し、木々やオブジェを彩り、観光客がカメラを向けていた。

「わぁ、綺麗!」と若い女性の集団が褒めてくれたのは、私たちが手がけたこの幻想的なガラスの空間。青、白、黄色、緑、ピンク、紫と、六色の淡い光を放つ板ガラスを組み合わせた大きなオブジェが公園の六カ所に配置され、その間を縫うようにガラスの小路を設けている。

その道を歩けば、横からも上からもガラスを通した優しい光に包まれる。進んだ先にあるのはステージ。教会風のオープンセットをガラスで造り、三枚のステンドグラスからは七色の光が、薄っすらと降り積もった雪を美しく彩っていた。

今の気温はマイナス一、二度といったところだろう。チラチラと降る雪はパウダーのようにキメが細かく、足元は十五センチほどの雪で覆われている。

そんな冬本番の札幌で、雪とガラスと光の幻想的に美しいこの光景を、大勢の人が楽しんでくれていた。

ステージ横で全体を見渡し、半年の努力の成果に満足しつつ、ショルダーバッグからスマホを取り出して支社長からのメールが来ていないかと気にする私。

音響設備も整った。ステージ前には教会にあるような長椅子も並べたし、もう少ししたらバージンロード用の赤絨毯を敷こうかというところ。

指示を仰ぐ必要はないので、こちらから連絡する理由もないけれど、今どこでなにをしているのか……。

鳴らないスマホをバッグに戻したら、白い息を吐きながら智恵が駆け寄ってきた。

「亜弓、そろそろ赤絨毯、敷いてもいい？」

「もう少し待って。十六時半頃でいいよ。あまり早く敷くと踏みつけられて汚れちゃう。それより、車で牧師さんを迎えに――」

そう言いかけたとき、後ろから肩にポンと手がのった。振り向くと支社長で、私の帽子に積もった雪を払いながら、笑顔で「さあ、行きましょう」と言った。

「どこにですか？」

牧師の迎えは他の社員の役目で、私たちではない。社に戻っても用はなく、ここで指揮を取るのが仕事のはずなのに。

なぜか質問に答えてくれない支社長は、手袋をはめた私の手を繋いで、人波を縫うように歩き出した。

公園を出て歩道を少し進むと、ハザードランプを点灯させて停車しているワゴン車があり、その前で立ち止まると、支社長は後部席のドアを開けた。

よく分からないが、促されるままに乗り込んで、続いて彼も隣のシートに座る。

ドアを閉めたら、運転席から「出しますよ」と聞き覚えのある声がした。

「総務の藤田《ふじた》さん？」

藤田さんは三十代の男性で、勤怠管理や福利厚生関係の仕事の他に、秘書をつけない支社長のスケジュール管理もしている。今まではさほど接点のない人だったが、この企画がスタートしてからは、ときどき仕事の話をするようになった。

「平良さん、お疲れ様です。ステージ準備は順調ですか？」

「はい、予定通りです。あの、それで私たちはどこへ行くんですか？」

さっき支社長にスルーされた質問を藤田さんに投げかけると、ちゃんと教えてくれた。

「円山のブライダルハウスですけど」

指揮役の私がなんで知らないのかと言いたげな口調で答えてくれて、それを聞いた私は目を瞬かせる。

代役のカップルに会いに行くということだろうか？

無理なお願いを急遽《きゅうきょ》引き受けてくれたありがたいふたりに、私も挨拶しなければと思っていたけれど、支社長が『すべて任せてください』の一点張りで、一切関わらせてくれなかった。

今日は、ロマンジュで支度を整えた代役のふたりを、開始時間に合わせて事業部の男性社員が迎えに行くと聞いていた。予定を変更して私が送迎係をするというなら、前もって教えてくれないと困るのに。

安全運転で車はゆっくりと雪道を走り、二十分ほどかけてブライダルハウス・ロマンジュに到着した。差し出された支社長の手に掴まり、車を降りる。

藤田さんは車で待機しているようで、私たちだけがガラスの扉を開けた。

代役のふたりはどんな人たちなのだろう？と気になった。名前も年齢も聞かされていないからイメージが膨らまない。支社長の知り合いということなので、まともな人たちであることだけは予想ができ、そこは安心しているけれど。

ドアベルが鳴るとすぐに花村さんと、ふたりの女性スタッフが出迎えてくれた。

「お疲れ様です」と挨拶し、代役のふたりを探して店内を見回す。すると花村さんに「こっちです」と腕を引っ張られる。

「急ぎましょう。準備時間が一時間もないです。平良さんのサイズにウェディングドレスを合わせておいたので、多分、調整はいらないと思うんですけど……着てみないと分からないですよね」

え、ウェディングドレスを私のサイズに合わせたって……新婦の代役は私なの⁉

ということは、新郎の代役は、まさか支社長が？

いつも穏やかな雰囲気の花村さんなのに、グイグイと強引に私の腕を引っ張り、奥の扉へ連れていこうとする。

引っ張られて歩きながら振り返ると、支社長と目が合い、ニヤリと笑われた。

私だけに見せる意地悪な顔をしたのはほんの一瞬だけで、すぐに紳士的な顔つきに戻る彼。別の女性スタッフが「ご新郎様はあちらでお支度を」と声をかけると、澄ました顔をして別の扉へ消えていった。

驚いた後には、ヤラレタという敗北感が湧いてくる。騙したりしないで初めから言ってよ……と文句を言いたい気分でもある。

若いカップルに結婚をやめられ、ピンチだったんだから、代役は私たちしかいないと言われたら断らないのに……そこまで考えてハッとした。

二日前、縋る思いで支社長に電話をかけたとき彼は、代役についてこんなことを言っていたような……。

『いずれは結婚するふたりですが……さすがに本当の挙式とするには、色々と面倒な問題が生じるので』

それって、私との結婚を考えているということで……いや、ちょっと待って。プロポーズされたわけじゃないのに、期待したら駄目だ。あの発言のときには別のカップルを代役にと考えていて、断られたから自分たちがやるという展開になったのかもしれないし、期待すれば別れの日のつらさが増してしまう。

彼はアサミヤ硝子ホールディングスの社長の息子。彼自身もいずれは社長になるつもりでいる。

札幌支社で過ごす期間は聞かされていないけれど、数年後に東京本社に戻るときがおそらく別れのとき。そのときは幸せな時間をありがとうという気持ちで、笑顔で見送ろうと覚悟を決めている。泣いて縋るような格好悪い女にはなりたくないし、彼を困らせたくもないから。

私たちが結婚なんてありえないという結論に帰着して、動揺を抑え込む。

愚かな期待をするより、今は準備をしないと。これは仕事で、企画の成功のためだけに、私は花嫁姿になるんだ。

眼鏡を外して、バッグに常備している使い捨てコンタクトレンズを装着し、ふたりがかりでヘアメイクを施された。その後はウェディングドレスに袖を通す。

ボディラインがハッキリと分かるようなタイトなドレスで、膝から下はスカートが豊かに広がっている。光沢のある上質な生地は刺繍やレースで飾られて、エレガントでゴージャスな雰囲気だった。

「やっぱりマーメイドラインにして正解でした。平良さんは大人っぽい雰囲気をお持ちなので、とてもよくお似合いですよ」と、花村さんが褒めてくれた。

ドレス選びは私に似合いそうなものをと、支社長に任されたらしい。新しく作る時間はもちろんないので、レンタル用のドレスを、私のサイズに合わせて縫い直してくれたそうだ。花村さんはきっと、この二日間かなり忙しかったことだろう。

椅子に座って頭にベールを被せてもらっている私。もうひとりの女性スタッフは私の爪を美しく飾ってくれていた。

「振り回した形になって申し訳ありませんでした」と謝ったら、後ろに花村さんのフフッと柔らかく笑う声がした。

「そんなことありませんよ。直前にバタバタしたことは私にも責任がありますし、こちらこそよいお客様をご紹介できずにごめんなさい。それに私、嬉しいんです」

「え?」

「平良さんと麻宮さんに初めてお会いしたとき、とってもお似合いだったから、お付き合いしないのかな?と、密かに思っていたんです。あのときの予想が当たった気分で、今ふたりのお支度をできるのがとても楽しいです」

お似合いって……。

花村さんの前では、いつも冴えない地味スタイルだったのに、どうしてそう思ったのかが理解できない。私に申し訳なさを感じさせないための彼女の優しさだとしたら、『ありがとうございます』と返すだけでいいのに、つい反論してしまった。

「うちの社員は、私たちの交際を信じないですよ?　こんな私ですから」

すると「できました」と言って花村さんは私を立ち上がらせ、大きな姿見の前に誘導する。

「ほら、お綺麗でしょう?　麻宮さんは言うまでもなく素敵な男性ですけど、平良さんも美人さんですよ。もっと自信を持ってください」

鏡に映るのは、ブライダル雑誌の表紙を飾りそうな花嫁だった。

これが私なの?　確かに美人かもしれない……。

アンも華やかだけど、あっちは大人の色気が出るようにと、こってり濃いめのメイクをして目立つアクセサリーで飾り、肌を露出させている。

今の私はアンと百八十度違った、清純で透き通るような華やかさだ。

ひとえに花村さんたちプロの腕がいいということだろうけれど、見たことのない自分の美しさに驚いて言葉が出てこなかった。

私の反応をウフフと楽しむ花村さんは、壁掛け時計に目を遣って、「あら大変。急がなくちゃ」と、またテキパキと動き始めた。

ドレスの上に真っ白でフワフワの毛皮のショールを羽織らされた私は、背中を押されるようにして支度部屋から出て店内フロアへ。そこには先に支度を終えた支社長が待っていて、視線が合うと、お互いに息をのんだ。

ライトグレーのフォーマルスーツを纏った彼は、どこかの国の皇太子かと思うような気品溢れた凛々しさだ。ジャケットの内側のベストとネクタイは、光沢のある生地を使い、大人のお洒落な遊び心も感じられる。

ゆっくりと歩み寄る彼が私の手を取り、見つめ合う。

「なんて美しい……。このまま、あなたをさらってしまいたい」

「あ、ありがとうございます。支社長も素敵ですよ……」

私、どうしたのよ？

目を逸らして俯いたのは、彼のストレートな褒め言葉に照れているからだ。

顔が熱い。きっと耳まで赤くなっていそうな気がする。

こんなキャラじゃないはずなのに、汚れを知らない少女のように恥ずかしく思うのは、真っ白なドレスを着ているせいなのか。

外に出てワゴン車に乗り込むと、藤田さんに驚かれた。

「平良さんって、美人だったんですね！」

褒めてくれたのだろうけど、そこには普段の地味な私を低く見ていたという、正直さが表れている。社内での男性受けがよくないことは自覚しているので傷つくことはなく、むしろ「いつもの亜弓さんも美人です」とフォローする支社長の方をおかしく思うだけ。

支社長の女性の趣味が一般的ではないことを、指摘してあげるべきだろうか？

いや……やめておこう。

札幌にいる間は、どうかそのままでいてほしい。

地味な私でも女性としての魅力を感じて求めてくれる彼の愛に、もう少しだけ浸らせて……。

大通公園西八丁目に戻ってくると、時刻は十六時五十五分、ギリギリ開始時間に間に合った感じだ。

支社長は先に車を降りると、人波を縫うようにしてステージの方へ走っていき、間もなく公開ウェディングを始めるというアナウンスが辺りに響いた。

私は、足元に気をつけながらゆっくりとガラスのチャペルに向かい、事業部のみんなと合流する。なにも知らない男性社員は「えっ平良さん⁉　本当に平良さんなの？」と驚いて、女子社員は「代役なら私が支社長の花嫁やりたかった！」と羨ましがった。

ひとしきり騒がれた後に、私は赤絨毯の手前のパーテーションの陰に待機。隣には礼服を着た事業部の部長がいて、なぜ？と思ったら、父親役を支社長に頼まれたということだった。

張り切った顔をした部長が、私の隣にいることに違和感を覚える。

部長のお気に入りは、私でなく智恵。娘のような気持ちで智恵をかわいがっている部長が、「俺はな、息子しかいないからな、平良さんみたいな娘が欲しかったよ」と父親のような感情を今は私に向けてくる。

いつもとの違いに調子が狂うばかり。ちやほやされたい願望のない私には、やっぱり周囲に構われない地味なスタイルの方が居心地いいみたい。

でもウェディングドレス姿で彼の隣に立てるのなら……この仕事を他の女子社員には絶対に譲りたくないという思いでいた。

近くの教会から来てもらった牧師が、マイクに向けて開式の言葉を告げる。すると、ステージの横から新郎役の支社長が登場し、聖壇の前で足を止めた。

ステージ前の四十席ほどの長椅子に座るのは、通りすがりの観光客や集まってきた市民たち。前から二列目まではゲストの代わりとして、事業部のメンバーが座る。椅子に座り切れない見物人はその周囲に幾重にも層をなし、警備員が忙しそうに人々の整理を行っていた。

これは仕事だと繰り返し言い聞かせても、挙式が始まると心が震え出す。目の前の赤絨毯を歩いて彼のもとへ行けると思うと、つい喜びたくなってしまうのだ。

厳かなウェディングソングが流れる中、今度は牧師に私が呼ばれた。パーテーションの陰から出て、部長の腕に掴まり、一歩一歩バージンロードを進むと、観光客からカメラを向けられ、「綺麗だね～」という花嫁役としてはありがたい言葉や溜め息も、あちこちから聞こえてきた。

聖壇前には、優しい笑みを浮かべて私を待つ彼。その顔が嬉しそうに見えて、思わず彼との未来を夢見てしまいそうになる。

これが本物の挙式だったら、どんなに幸せなことだろう……。

ステージに上り、私を待つ彼のもとへ。抑えられない胸の高鳴りを感じながら、部長の腕にかけていた手を外して、差し伸べる彼の手に掴まった。

にっこりと微笑む彼に少しだけ笑顔を返すも、これは仕事なんだから……と、熱くなる気持ちを冷まそうと心であがく。

複雑な思いを抱える私は、彼と並んで牧師の前に立った。

賛美歌斉唱は見物人も歌ってくれて、大勢の歌声が冬の夜空に吸い込まれていく。

空にはぼんやりとした黄色の月。チラチラと舞い降りる粉雪が、聖なる夜を白く染めていた。

ガラスと光と雪が作り出すウェディングは清らかに美しく幻想的で、隣に愛する人がいるから、氷点下の外気の中でも心は温かい。

牧師が聖書を朗読し、幸せを願って夫婦としての生き方を説いてくれる。その後はお決まりの「病めるときも健やかなるときも……」という誓いの言葉で、私は一瞬戸惑う。

デモンストレーションという名の偽物の挙式なのに、誓ってもいいの？

迷う私の隣で、「誓います」とためらいなく答えた支社長の横顔に、つい振り向いた。

支社長は、完全に仕事だと割り切ってるのね……。

私は神様に怒られやしないかと心配しながら、小さな声で「誓います」と口にした。

そういえば、この挙式はどこまで本来の流れを踏むのだろう？　新婦役が私だと知らされ、慌ただしく支度して戻ったため、それを聞かされていなかった。

ここに立つはずだった若いカップルに説明したのは、省略なしの正しい挙式の進行で、それは頭に入っている。だけどデモンストレーションだし、指輪の交換や誓いのキスは省略されるだろうか？と思っていたら、「指輪を交換してください」と牧師に言われ、目の前に白いビロード生地の指輪台が運ばれてきた。

ガラスの指輪だ……。

透明なリングに、ダイヤモンドカットされた紫色の小さなガラス玉がついている。彼のものは全体的にほんのりと紫がかったリングのみ。

支社長は指輪をつまむと、私の左手の薬指に通してくれる。

その後に私も彼の薬指に指輪をはめながら、ふと思ったことを小声で聞いてみた。

「もしかして、支社長が作ったんですか？」

「そうですよ。昨日、園辺さんの工房を借りて作りました」

それも知らなかった。ただのデモンストレーションなのに、多忙の中でわざわざ手作りしてくれたなんて、嬉しくて目が潤む。仕事という言葉で何度押し込めても勝手に湧いてくる喜びに、心が揺さぶられて大変だ。

この指輪は一生大切にしよう。彼が東京に戻り、会えなくなってもずっと……。

嬉しさと切なさを同時に味わっていたら、彼の手が私のベールを持ち上げ、後ろへ流された。

まさか、誓いのキスまでやるというの⁉

潤んだ瞳の涙は早くも引っ込み、驚く私に、彼はクスリと余裕の笑みを向けてくる。

「なにを驚いているんですか？」

「いえ、別に……」

気にしたのは周囲の目。しかし、こんなに大勢の目があるからこそ大丈夫だろうという安心感も戻ってきた。

きっと頬に触れるか触れないかのキスをするだけだ。支社長とはもう数え切れないほどに唇を重ねているけれど、デモンストレーションの挙式で、まさか唇にキスするはずは……。

そう思ったのも束の間、肩に手がかかり、端正な顔を斜めに傾けた彼は、私の唇にキスをした。

驚いて目を丸くする私。

迷わず唇にキスするなんて……。大勢に見られても、支社長は恥ずかしくないの⁉

注目の中、誓いのキスは二秒三秒……と、なかなか終わらない。

「キャア！」という、うちの女子社員の悲鳴が聞こえたのは、気のせいではないと思う。見物人の群れの中からはうっとりとした溜め息や歓声が聞こえるし、眩しいフラッシュも浴びせられて、私の羞恥心は頂点に達した。

たっぷり五秒ほど唇を重ねてから、やっと離してもらえたけれど、私は恥ずかしさから抜け出せない。

ああ、上げられたベールを、もう一度下ろしてほしい。こんな真っ赤な顔を、カメラに収めないで……。

一方、恥ずかしさは微塵もない様子の支社長は、「亜弓さん、あそこを見て」と小声で囁く。

あそこというのは、最前列の長椅子に座っている智恵と井上さんのことみたい。

私たちの交際について、智恵がいくら言っても本気にしなかった井上さんも、目の前でキスシーンを見せられてはさすがに信じる気持ちになったようだ。驚きを隠せない顔をして智恵になにかを問いただしていて、智恵は勝ち誇った顔で得意げに答えていた。

　チラリと見た限りだけど、他の事業部の面々もやっと私たちの交際に気づいて、それぞれの驚きの中にいるようだ。

　周囲の状況を把握すると困り顔を彼に向け、「ものすごく恥ずかしいんですけど」と小声で文句を言ってみた。

「スポットライトを浴びることに慣れてる亜弓さんが、おかしなことを言いますね」

「アルフォルトとは違いますよ。こんなに大勢の目に晒されるのは初めてですし、第一、今は歌がないですし――」

「それなら歌いましょうか。ここからはジャズライブということで」

「は、い？」

　それは冗談でも、急に思いついた言葉でもないようだ。牧師はあらかじめ聞かされていたかのようにステージから去り、総務の藤田さんがステージ上にスタンドマイクとアコースティックギターを運んできた。

　ギターが支社長の手に渡ったということは……？

「弾けるんですか？」と聞いたら、にっこりと笑顔だけを返される。

　さらに、突然ステージ上に大荷物を抱えた男性たちが現れて、ドラムセットと電子ピアノとコントラバスが速やかにセッティングされていく。

それぞれの楽器に向かうのは見慣れた顔。アルフォルトのシゲさん、コウジさん、ジョーさんだ。

なんでみんなが⁉

目を丸くして驚いていると、長椅子の後ろの席でひとりの男性が立ち上がり、目深に被っていた帽子をパッと取ると、大声で叫んだ。

「雪とガラスのクリスマス・ジャズナイトの始まりだ～！」

マスターまで⁉

なんでいるのかと聞くまでもなく、すべては企むのが好きな支社長の仕業だろう。

私だけではなく事業部のみんなも驚きを隠せない顔をして、観光客たちは「ジャズだって」「へぇ、聴いていくか。寒いけど」という会話を交わしていた。

歌わなくてはならない状況の中で、重大な心配事がひとつあった。ジャズシンガーとしての顔を知られたら、会社での地味で落ち着く毎日が崩れるような……。

私の戸惑いは口に出さずとも伝わったようで、ギターを手にした支社長が優しく諭しにかかる。

「アンも、あなたという女性の一部です。隠す必要がどこにあるんですか？　普段の控えめなあなたの中にある意外な一面は、とても魅力的ですよ。出し惜しみせず、さあ歌ってください」

ああ、この人はまったくもう……。そんな言葉をもらったら、反論できなくなるじゃない。

覚悟を決めた私の口元には笑みが広がっていた。

防寒に羽織っていた毛皮の白いショールを外してステージ下に投げると、スタンドマイクのスイッチをオンにする。

「一曲目は『A Love That Will Last』。私の歌を聴いてください」

これは、アンの姿のデートで、支社長にリクエストされた曲だ。残念ながら店ではリクエストに応えられずにいたけれど、このメンバーならできる。支社長のギターの腕前は未知数だけど……。

すぐに始まるドラムとコントラバスのベースに、ピアノとギターも加わって前奏が流れる。

本当にギターを弾けるんだ……しかも結構上手い。

支社長こそ出し惜しみせずに、もっと早く教えてよ。そうすれば、ベッドの上だけじゃない、熱く楽しい夜を過ごせるのに。

彼と目を合わせて微笑み合うと、私はマイクに向け、しっとりと心を込めて歌い出す。

永遠に私だけを愛してほしいと願う、ラブソングを……。

夢のような時間は終わり、時刻は二十三時半。ドレスを脱いで、魔法が解けたように地味な姿に戻った私は、ステージ横で支社長と並んで立っていた。

ステージは音響設備やスポットライトなどの照明が外されて、ステンドグラスと十字架、淡い光を放つ板ガラスのみの教会セットに戻されている。

数時間前は盛大に盛り上がり、アンコールまでもらって十曲も熱唱した私。

事業部のみんなをさらに驚かせてしまったけれど、楽しかったな……ジャズライブも挙式のデモンストレーションも。終わってしまえばなんだか寂しい。

ガラスの小路もステージも、一月上旬まで展示して、その後は『さっぽろ雪《ゆき》まつり』の準備が始まるから完全撤去となる。そうなればもっと寂しく思うのかもしれない。

夜も更けると、ガラスの小路を歩く人も疎らになる。

数時間前の賑わいがまだ耳に残るせいか、今は随分と静かに感じる。

ガラス板が発する六色の光が真っ白な雪を照らし、辺りがぼんやりと光に包まれているようで、この景観は美しくて……寂しげだ。

支社長の腕が腰に回され、引き寄せられて抱きしめられた。寒そうに見えたのかもしれないが、そうではなく寂しいと感じていただけなのに。

頼もしく優しい腕に包まれて、いつまでこうしていられるのだろうと、聞けない疑問が心に浮かぶ。

私も彼の黒いコートの背中に腕を回して抱きしめ、このまま時が止まってくれないかと思っていたら、彼の腕の力が急に緩んだ。

顔を上げると、いつになく硬い顔をした彼が、いつもより低い声で話し出す。

「言いにくい話なんですが……再来年、私は東京本社に戻ることになりました」

再来年ということは……。今年はもうすぐ終わるから、あと一年と三カ月ということか。夢の時間は期待するほど長くないみたい。

寂しい、行かないでという心の叫びを無理やり押し込めて、作り笑顔を向けた。

「分かりました。再来年以降のご活躍は、ここから応援しています。心配しないでくださいね。引き止めることも、後を追うこともしませんので」

東京に戻ってからの彼の人生に、私は不必要。もし御曹司のレールを外れてガラス職人になってくれたならと、愚かにも夢見てしまったときもあったけれど、彼は親の後を継いで社長になるつもりでいる。だから私たちの未来は重なることがないのだと、恋の終わりを覚悟して諦めていた。

切なさも悲しみも閉じ込めて、精一杯の強がりを口にした私。覚悟はあるから安心してという気持ちで言ったのに、「なに言ってるんですか?」と眉をひそめられた。

「もしかして、東京本社に戻る日に、私があなたとの関係を清算するつもりだと考えているんですか?」

「は、はい……」

「そんなもったいないことはしませんよ。ようやく手に入れた愛しい人を、手放すわけないでしょう。亜弓さんも一緒に東京に行くんです。私の妻として」

思いもしない未来図を示されて、数秒の思考停止が起こる。

目を瞬かせてなにも答えられない私をクスリと笑い、眼鏡を取られて、彼のポケットにしまわれた。その後は顔が近づいて、額がコツンとぶつかる。

「大丈夫。向こうにもジャズシンガーとして活躍できる場を用意します。そうだ、マスターにかけ合って、アルフォルト二号店を出すのもいいですね。百パーセント出資すると言ったら、マスターは乗ってくれるかな?」

「ま、待ってください！　歌える場所よりも、私と本当に結婚する気なんですか⁉

私はこんな地味な女ですし、社長夫人ってキャラじゃないんですけど！」

　この札幌支社にいる間だけの相手なら、なんとか務められる気持ちでいたが、アサミヤ硝子ホールディングスの社長夫人などという注目を浴びそうなポジションには不適格な人間の気がして喜べない。そういうのは取引先のご令嬢か、はたまた有名大学出身の知的美人な秘書とかが相応しいのでは？

　そんな思いを『社長夫人ってキャラじゃない』という短文に集約したわけだけど、彼は空に向けて楽しそうな笑い声をあげてから、また額をくっつけて言う。

「そうだね。亜弓さんは確かに、嫉妬や見栄や利権の奪い合いなどという汚れた環境は似合わない。でも、私が東京にいる間は我慢してくれませんか？　社長になってからの我慢はきっと、数年間で済むと思うので」

「数年？」

　それはどういうことか。まさか社長に就任した数年後に離婚しましょうという意味ではないと思うけれど。

　考えても分からずに、至近距離にある彼の黒い瞳をただ覗いていたら、もったいぶるように時間を置いてから、やっと続きを話してくれた。

「早めに後継者を育てて、後を譲ろうと考えています。弟もその頃には成長しているだろうし、麻宮の人間以外でも私はいいと考えています。親族一同の猛反対は予想されるけど……」

「それはどれくらい先の話ですか？」

「そうですね……できれば四十五歳までに退任したいものです。それ以降は北海道に戻り、夢を追いかけたい。もちろん、あなたと一緒に」

周囲に迷惑をかけてまで今の自分を投げ出すことのできない真面目な彼は、どうにか夢と現実との折り合いを見つけられたみたい。それは素晴らしい人生プランで、彼と私、双方にとって嬉しいことであり、ホッとしつつも、どうしてそう考えるようになったんだろう？と気になった。ひと月ほど前に私が『ガラス職人、やればいいのに』と呟いたら、『もう遅い』とすぐに却下されたというのに。

彼は額を離すとチュッと軽くキスをして、なにかを吹っ切ったような、爽やかな笑顔を見せてくれた。

「私が変わったのは、あなたの影響ですよ。今まではこうするしかないと決めつけ諦めていたことを、どうすれば実現可能か考え直した結果です。これからも、あなたが側にいて道を教えてくれたなら、私は迷わずに夢の扉を開けられる気がするんです」

ゆっくりと胸に彼の言葉が染み込んだら、熱いものが込み上げて感情の制御が難しくなる。優しく微笑むその顔がぼやけて見えにくいのは、眼鏡を外しているせいではなく、涙が滲んでいるせいだった。

温かく大きな手が私の頬を包み、聞き心地のよい声が私の求める未来を与えてくれようとしている。

「亜弓さん、どうか私と結婚してください。これからの人生をともに歩んでください」

ついに溢れ出した涙は、私だけじゃなく、頬を包む彼の手まで濡らしていた。

「は、い……」

ここ数年流したことのない大粒の涙が、返事をする声を震わせる。彼の手作りのガラスの指輪は左手の薬指にはめられたままで、その手を右手で握りしめていた。

こんなふうにクシャクシャな顔をして泣くのも、私のキャラじゃないはずなのに、流れる涙をどうにも止められない。

恵まれた環境の中でなんでも器用にこなす彼が、私がいないと夢への道を迷うなんて、随分とかわいいことを言ってくれるじゃない。私の生き方が、彼の生き方をいい方向に変えたなんて、どんな褒め言葉をもらうよりも嬉しいことだ。

涙をすくうように彼は頬に口づけ、瞼に口づけ、最後にもう一度唇にもキスをくれた。

深く口づけている最中に、通りすがりのカップルの声が聞こえてきた。

「おい、アレ見てみ。俺たちもする？」

「しないよ馬鹿。丸見えじゃん」

その会話にハッと我に返り、唇を外したら、即座に体に腕を回されてきつく抱きしめられ、離れることを許してくれなかった。

冷たくなった耳に彼の唇が当たり、温かい吐息とともに愛の言葉を囁かれる。

「亜弓、この聖なる夜に誓うよ。君を永遠に愛し続けると」

突然の呼び捨ても、敬語をやめたことも、きっと私の心をときめかせるための彼の策略なのだろう。

分かっていても高鳴る胸と、溢れそうな愛しさと幸福感。

私は彼の策にはまりっ放しだ。

きっとこの先の長い人生でも、彼は素敵に企むことだろう。

今からそれが楽しみで、未来を想像して微笑む私。

こんな地味な私でも、彼と一緒なら、雪とガラスのこの景色のように、美しく輝ける予感がしていた。

番外編

独占欲を覗かせてみたら

雪解けの四月、車道沿いに積まれていた雪は高さを三分の一ほどに低くして、歩く足元の雪はようやくとけて消えた。

今日は土曜日で出社の予定もなく、麻宮は自宅マンションにいる。

昨夜は明け方近くまで亜弓と激しく交わり、彼女を腕に抱いて昼前まで眠りについていた。

起きたのは三十分ほど前で、シャワーを浴びてリビングに戻ると、朝昼兼用の食事を用意してくれた亜弓が笑顔を向ける。

「美味しそうだね」とふたり掛けのダイニングテーブルの席に着いたら、彼女も向かいの椅子に座り、笑顔のままで皮肉を言う。

「美味しいですよ。野菜たっぷりですから」

レタスとキュウリとハムのサンドイッチに、ブロッコリーと海老を茹でてドレッシングで和えた温サラダ。チーズオムレツとカットフルーツに、角切りベーコンが少々入ったオニオンスープ。肉と言えるのはハムとベーコンが少しだけ。

この部屋に亜弓がいて、彼女が手料理を振る舞うときには、このようにバランスを考慮したメニューとなる。

麻宮はサンドイッチをひと口つまんで、「とても美味しい。ありがとう」と笑顔を向けた。

それは作ってくれた彼女への労いの気持ちだけではない。

パンは焼き立て間もない香りがしていて、まだ麻宮が目覚めぬうちに、亜弓が外に買いに行ってくれたのだろう。レタスもキュウリもパリッと水々しく、麻宮がシャワーから出るタイミングを見計らってパンに挟んだに違いなかった。

食べる人のことを考えて作られた食事は、肉が少なくても美味しいものだ。

麻宮が口にした言葉に、亜弓は苦笑いする。

「本当は肉が足りないと思ってるんでしょう？　でも慣れてくださいね。今は若いからいいとしても、聖志さんには将来的にも健康でいてもらいたいんです」

「亜弓の気持ちは充分に伝わってるよ。ありがとう。それに本当に美味しく食べているから心配しないで。なにも不満はない」

麻宮はそう答えて、今度はブロッコリーを口に運ぶ。

野菜は嫌いではないが、いくら食べても腹に溜まらず満腹感や満足感が得られにくい……という本心までは明かさない。彼女の言う通り、肉中心の食事に問題があることを理解しており、食生活も変えていかなければと考えるこの頃だった。

　食事の後はキッチンに並んで立ち、一緒に食器を洗って片付ける。

　なにげない日常のひとこまが輝いて見えるのは、隣に愛しい恋人がいてくれるお陰。麻宮は穏やかな幸せを味わいつつ、彼女が『それじゃ私は帰りますね』と言ったときの寂しさを思い出していた。

　彼女がこの部屋で過ごすのは休日だけ。平日は夜会うことがあっても自宅に帰っている。

　同棲を求めても断られるのには、彼女なりの理由があってのこと。それは、来年の三月に東京への引っ越しと入籍が決まっているのだから、一緒に住むのはそれからでもいいでしょうということだ。

『短期間で二度も引っ越すなんて面倒ですし、婚約していても、まだ独身です。入籍まではひとりの時間も楽しみましょう。お互いに』

　そう言われたとき、麻宮の心に不安が湧いた。

　愛の重さが釣り合っていないのか、はたまた、そんなドライな発言も彼女らしいと言うべきか。

入籍までのひとりの時間も楽しみたいという彼女に対し麻宮は、無理強いして入籍までに逃げられると困るという思いがあるため、同棲を強要できずにいた。

午後のひとときは、昨日の会社帰りにレンタルした古い洋画を一緒に観て、その後はクラシックジャズのレコードをかけながら、お互いに好きな本を開く。

麻宮のマンションは高層階の１ＬＤＫ。賃貸のため、壁やフローリングはいじることができないが、インテリアは好みのものを揃えている。

ふたり掛けの革張りのソファは、アンティークな風合いのダークブラウン。座面は広く、硬すぎず柔らかすぎず、背もたれはちょうど首を支えてくれる高さで、座り心地が抜群だった。ソファの前に置いたローテーブルもダイニングテーブルも木目で、ビンテージのような傷があえて施されているデザイナーズ家具だ。

テレビ台とサイドボードは、シンプルな木製の棚や板を組み合わせて、オリーブグリーンに塗装した、半分手作りの品。リビングの照明は真鍮《しんちゅう》の傘のついたランプ風で、ガラス部分だけは園辺ガラス工房で麻宮が手作りしていた。その他にも棚の上には、色とりどりの彼のガラス細工が並べられている。

オールドアメリカンスタイルの家具とガラス細工が飾られたこの部屋に、ジャズはよく似合う。地味好きな亜弓にでさえ、『素敵！　私の部屋もこんなふうにしたいです』と言わせた部屋だった。

ソファに体を触れ合わせて並んで座り、ジャズと読書と、ときおり他愛ない会話を楽しむ穏やかな時間は、壁掛け振り子時計の十七時を知らせる音で終わりを迎えた。

本を閉じた亜弓が「そろそろ支度しないと」と立ち上がる。そのほっそりとした手首を反射的に捕まえた麻宮に彼女は振り返り、「聖志さん？」と小首をかしげた。

今日は亜弓の所属部署で新入社員歓迎会があるのだと、麻宮は前もって聞かされていた。出かけてしまうのは仕方のないことだと分かっていても、側にいてほしい気持ちでいた。

歓迎会がなければ、夕食と風呂を一緒に楽しみ、ベッドの上で美しい彼女の裸を堪能できることだろう。その幸せが今夜は叶わないことが恨めしい。

しかし、仕事上とも言える飲み会に行くなとは言えず、麻宮は手を離した。

「楽しんできて。帰りは何時頃の予定？」

「三次会のカラオケまで付き合わされると思うので、きっと日付が変わります。今日は自分のアパートに帰りますよ。聖志さんは気にせず寝てください」

それは聞いていないと、麻宮は眉をひそめた。

いつもは金曜の夜から月曜の朝まで彼女はこの家で過ごしてくれるのに、今夜は帰りを待つこともさせてくれないというのか。

「二次会までで切り上げて、ここに帰ってきて。あまり遅くなると心配だ」

亜弓がどうしても三次会まで参加したいというのなら致し方ないが、彼女の言い方からすると、どうやら億劫《おっくう》に思っているようだ。

それならばと言った麻宮の言葉に、亜弓は溜め息をついてから口を尖らせた。

「聖志さんのせいですよ。ジャズシンガーだとバレたせいで、カラオケは絶対参加だと言われたんです。企画に不参加だった人たちに、今度歌を聴かせろって、しつこく言われて……困ってるんですよ、私は」

麻宮にはひとつ誤算があった。

クリスマスイブの夜、ウェディングドレス姿で歌わせることで、彼女を見る社員の目が変わることは予想していた。それでもパートナーとしての自分の存在があるから、彼女に手を出す無謀な男はいないものと踏んでいたのだが、どうも怪しい。あからさまな誘いはなくとも、数人グループでの飲み会に誘われるようになったと彼女は言う。

事業部を覗きに行くと、仕事中の彼女を盗み見するような男たちの視線も気になった。彼女がリーダーとしてこの四月から始めたプロジェクトには、一緒に働きたいと名乗りをあげるメンバーが、全員男だということも気に触る。

男たちが求めても、彼女は跳ね退けることができる人なので、誰かに盗られる可能性は低いと安心したいところだが……麻宮の心に、苛立ちや嫉妬、独占欲が渦巻いていることも事実であった。

引き止める言葉を見つけられない麻宮の前から亜弓は離れ、洗面所で支度をする物音がリビングまで聞こえてくる。それから数分して戻ってきた彼女は、デニムパンツとグレーのカットソーという素朴な服装から、ベージュのタイトスカートにブラウス、紺色ジャケットという服装に着替え、ナチュラルなメイクを施していた。

亜弓は〝地味〟と自分を評価するので、その言葉を借りるなら、地味なパンツスタイルから地味なスカートスタイルへ着替えたといった格好だ。肩下までの黒髪はひとつに束ねただけで、眼鏡もそのまま。

『こんな地味な女を欲しがるのは、支社長だけですよ』と、かつて亜弓は言ったが、麻宮の目に映る彼女はなにを着ても美しく輝いているので彼は心配している。

テキパキと出かける支度を整えていく彼女を視界の端で追い続け、手元の本に集中できずにいたら、「聖志さん」と呼びかけられた。

「なに?」

「これ、つけてもらえますか？　上手くいかなくて……」

リビングの壁には、ジャズ界の大御所の写真をモノクロでプリントしたアートな鏡がある。その見えにくい鏡に自分を映し、彼女はネックレスの留め具と格闘していた。

それはホワイトデーに麻宮が贈ったもので、ステージ用ではなく普段使いできるシンプルなネックレス。とはいえ、シルバーチェーンにぶら下がるダイヤは本物で、二十万円の価値があるのだが。

自分が贈ったアクセサリーを身につけてくれるのは嬉しいものだ。

麻宮はいくらか気持ちを上向きに修正して、亜弓のもとへ行く。後ろに立ち、彼女の代わりにネックレスの留め具をはめながらも、その視線はうなじに注がれていた。

白いうなじが艶かしい。彼女の肌はいつも滑らかで、スベスベとした感触だ。

柔らかな胸や尻や太ももは言うまでもないが、首や背中の筋肉の弾力を楽しみながら撫でるのも、またたまらない。

ネックレスをつけ終えてから、つい腕を回して抱き寄せ、うなじに唇を当てた麻宮に、亜弓は「もう……」と恥じらうように文句を言った。

その表情は見えずとも、彼女が喜んでいることは麻宮に伝わっていた。

彼が愛情を示すたびに、亜弓は頬を染めて少女のようにはにかむ。しかし、かわいらしい仕草をすぐに消そうとするのは、彼女の言葉を借りて言うなら『キャラじゃない』という理由らしい。

時刻は十七時二十分になり、亜弓は「行ってきます」と玄関で靴を履いていた。見送る麻宮がキスを求めると、彼女は軽く唇を重ねてから、手を振り、出ていった。

パタンとドアが閉まったら、急に静けさが増す。無音ではなく、変わらずレコード盤が回転し、古き良き時代のジャズが流されているのだが、麻宮の心にはことさらに静けさが誇張されて感じられた。

それと同時に、今夜の彼女はここに帰らないのだと寂しくもなる。

「仕方ない……」と独り言を呟いて、レコードのボリュームをふたつ上げる彼だった。


時刻は二十三時半になる。

ダイニングテーブルにノートパソコンを置いて、麻宮は仕事をしていた。

この週末にやらねばならないものではないのだが、忙しくしていないと、時計の針ばかり気にして落ち着かないと思ったためだ。

しかし、その仕事もやり終えてしまう。

データを保存しファイルを閉じた後、彼の視線はまた時計に移っていた。

今、三次会のカラオケの真っ最中だろうか？と彼は考え、同僚のリクエストに応えて歌う亜弓の姿を想像していた。

あの企画に参加していない事業部の社員も数人いたから、彼らは彼女の歌声にさぞかし驚くことだろう。そして見る目が変わり、彼女に魅了される男がまたひとり、増えるのかもしれない……。

麻宮は亜弓を信じている。彼女はしっかりとした大人の女性で、酒の勢いを借りた男たちがたとえしつこくアプローチしてきたとしても、それを拒むことのできる人だ。

そう思う一方で、彼は反証についても考える。

そうは言っても……彼女は女性だ。力で男には敵わない。それにまだ交際に至らぬ頃、自分が強引にキスを迫ったら、彼女は拒否しなかった。その理由は自分が相手だからと思いたいが、キスくらいならという意識だったとしたら……。

信じる気持ちと、なにかが起きるかもしれないと危ぶむ気持ちが拮抗《きっこう》する中で、麻宮はスマホを手に取り、亜弓に宛ててメールを打つ。

【自宅に着いたらメールして。無事に着いたのかが知りたい】

束縛と取られないよう、言葉を選んだつもりでいた。麻宮の心に独占欲が渦巻いていても、それをぶつけられずにいるのは、彼女に逃げられることを恐れているからだ。

メールを送信した後に彼は、冷蔵庫を開けて缶ビールに手を伸ばす。しかし、思い直してなにも取らずに戸を閉めた。

もしかすると、車で迎えに来てほしいと、彼にとって嬉しい返事が来るかもしれない。亜弓の性格からしてその可能性は低いと分かっていても、期待する気持ちを彼は消せずにいた。

ビールをやめた麻宮は、珈琲を淹れることにする。高性能の珈琲メーカーは使わず、手回しミルで豆を挽き、ケトルの湯を回し入れてドリップするという手間のかかる方法で。

キッチンに立つ彼の手元で、珈琲豆がゴリゴリと砕かれていく音がする。

途中で彼はスマホを気にしたが、亜弓からの返信はまだ来ない。

メールに気づいていないのか？　だとしたら、まだ賑やかなカラオケ店を出ていないのかもしれないな……。

挽き終えた珈琲粉をペーパーフィルターに移し、沸かした湯をケトルで注ぐ。円を描くようにゆっくりと丁寧に。

一杯分の珈琲を淹れるのに十五分もかけた彼だが、それでもまだスマホは鳴らなかった。

ソファに腰かけ、テレビをつけ、珈琲を飲みながらスポーツニュースを見終えると、時刻は零時半。やはり亜弓からの返信はなく、麻宮は焦り始めた。

もうそろそろ三次会をお開きにしてもいい時間なのに、メールに気づかないということは、彼女の身に不測の事態が起きたのではないだろうか……。

もちろんカラオケの延長という可能性や、スマホの充電切れ、あるいは、もう一軒と盛り上がり、メールに気づかないという理由も考えられる。それでも万が一という心配を抑え切れず、麻宮は亜弓に電話をかけた。

コール音は十回聞こえて、留守番電話に切り替わる。一度切ってまたかけ直すも、彼女は応じてくれない。

眉間に皺を寄せて立ち上がった麻宮は、ジャケットを羽織り、車のキーを持って自宅を飛び出した。

カラオケ店の名前を聞いていなかったことを悔やむ。しかし、一次会と二次会の場所は、すすきのだと聞いているので、カラオケ店もすすきののどこかの店だろうと予想する。それだけの情報で、麻宮は亜弓を探そうとしていた。

マンションの地下駐車場から、夜の街へと走り出す。すすきのまでは車で十分弱。

今夜はスーパームーンが見られるとテレビで騒いでいたが、夜空に月を探す余裕は、麻宮にはなかった。

すすきのの繁華街に出ると速度を落として、通行人の姿に視線を配り、カラオケと書かれた看板も探す。

昼間のようなネオンが輝いているので、視界に不自由さは感じないが、週末という

こともあってこの時間になっても人が多い。加えて車を走らせて確認した限りでも、

カラオケ店の数は結構あることに気づき、麻宮は溜め息をつきたい気分になった。

とりあえず、どこかに車を停めてカラオケ店を一軒ずつ回り、うちの社員らしき集

団が来なかったかと、聞いて回るか……。

彼はそう考え、停車できそうな場所を探す。この辺りの路肩には客待ちのタクシー

が列をなしているせいで、停められそうにない。

タクシーの車列の横をゆっくりと通り過ぎ、停車できそうな場所を探していたら、

五十メートルほど先の歩道に、亜弓らしき後ろ姿を見つけた。

その偶然に喜ぶのではなく、麻宮は目を見開いた。

この辺りもまだ人の賑わう繁華街。しかし、一本横道に入ればラブホテル街という

道を、亜弓は男に肩を抱かれて歩いているからだ。

まさかという思いが彼の頭を掠《かす》め、彼女を信じる心に小さなひびが入る思いでいた。

タクシーの運転手に怒られそうな位置に無理やり車を停め、後ろから足早に亜弓に近づいていく。

ここから分かるのは、男の方がかなり酔っているという状況だった。足元がふらついてまっすぐに歩けず、亜弓の肩を抱くというよりは、支えられていると言った方が適切だろう。

真後ろまで接近すると、麻宮の耳にふたりの会話がハッキリと届いた。

「井上さん、ファミレスまでもう少しですから、ちゃんと自分の足で歩いてください。重たいです。私、タクシーに乗車拒否されたの初めてですよ。まったくもう」

「亜弓たん、ごめ〜ん。飲みすぎらっれ。あ、この道入ったら、ラブホら〜。ファミレスよりこっちがいいら〜」

「ここに捨てていきますよ？　それと、下の名前で呼ばないでください」

その会話に麻宮は、心の中でホッと息を吐き出していた。

どうやら亜弓は貧乏くじを引かされたようだ。

事業部の社員たちは、カラオケ店から出た後、それぞれの自宅の方向でグループ分けをして、タクシーに乗り合わせて帰ることにしたのだろう。そして不運にも、亜弓は井上とふたりになってしまったということだ。

タクシーに乗車拒否されたということは、井上は気分が悪いとでも言ったのだろうか？　もう少し酔いを覚ましてからじゃないとタクシーに乗せてもらえないと思い、彼女は今こうして彼を支えて、ファミレスに向かっているところだと推測される。

以前、元彼のカイトという男の飲み方を、アルフォルトで注意していた亜弓を、麻宮は思い出していた。

亜弓はドライな性格の一方で、面倒見がいいところもあるからな……。『捨てていきますよ？』と口では言っても、井上を自宅まで送り届けるつもりでいるのだろう。

それにしても井上は、亜弓の友人の杉森智恵の方に気があるように見えていたのだが、狙いを変えたのか？　だとしたら、手を出さぬよう、ここで釘を刺さねばならないな……。

彼が酔っていることを差し引いても、亜弓の肩に腕をかけていることや、ラブホテルに誘ったことは、許せるものではなかった。

麻宮が真後ろから「亜弓」と呼びかけると、彼女は足を止めて顔だけ振り向き、目を丸くした。

「聖志さん、どうしてここに⁉」

「連絡がつかないから、心配で探してたんだ。重そうだね、代わるよ」

亜弓の肩から井上の腕を引き剥がし、酔っ払いのふらつく体を支える。井上がヘラヘラ笑っていられるのは、まだ上司である麻宮を認識していないせいだ。

「サトシ？　そんな名前の奴、事業部にいませんよ～。ちみは誰？　俺は亜弓たんの方がいい――」

自分を支える麻宮の顔を見て、井上は「うわぁっ‼」と叫んだ。飛び退くように後ずさり、その顔には強い焦りが表れている。

「し、し、支社長……も、申し訳ありませんでした！」

どうやら井上の酔いは一遍に吹き飛んだようで、気をつけの姿勢から、腰を九十度に折り曲げて深々と頭を下げている。

麻宮は一歩、彼との距離を詰めると、怒りのこもる低い声で問いかけた。

「それは、なにについての謝罪でしょうか？」

「ええと、その……」

まだ頭を上げられずにいる井上の顔は、酔っ払いの赤ら顔から一転して、青ざめていた。きっと〝クビ〟という言葉が頭を掠め、怯えているのだろう。

その焦りや恐怖心が伝わっていても、麻宮は攻撃を止めることなく、静かに彼を追い詰める。

「井上さんは、私たちの婚約を知らなかったのでしょうか？」

「い、いえ、知ってます。知ってますが、ええと、その……」

「ご存知でしたか。では、その上であなたは亜弓さんをホテルに誘ったということでよろしいですか？」

パッと顔を上げた井上の顔は、青を通り越して土気色。ついに彼はアスファルトに膝をつき、土下座で謝罪を始めた。

「さっきのは冗談なんです！　すみません、すみません、二度としませんから、どうかお許しを‼」

麻宮は冷たい目で彼を見下ろすだけでなにも答えない。

亜弓は麻宮の腕を引っ張り自分の方に向かせると、「そのへんにしてください」とお願いした。

「井上さんは本気で誘ったわけじゃなく、ファミレスへの道にたまたまホテル街の入口があっただけなんです。この道を選んでしまった私も悪いので、どうか許してください」

亜弓に非がないことは、麻宮にも分かっている。悪いところがあったとしたなら、それは麻宮からの連絡に気づかず、心配させたことだろう。しかし、亜弓は前もって、自分を待たなくていいようにと、今夜は自宅アパートに帰るという配慮も伝えている。

今頃麻宮は寝ていると思っていたことだろうし、心配させているつもりは毛頭なく、
それについても責めるべきではなかった。

　眉がハの字に傾いた亜弓の顔を見て、麻宮は怒りを抑え込む。亜弓にそんな顔をさせたいわけではなく、後ろめたさも感じているからだ。一瞬とはいえ、まさかと彼女を疑った自分の方が悪いのだと、口には出さず反省していた。

　麻宮は亜弓に向けて微笑んでみせてから、井上の腕を取って立ち上がらせ、彼を許した。

「もういいですよ。謝罪の気持ちは伝わりましたので」

「あ、ありがとうございます！」

　ホッとした顔を見せる井上の、落とした鞄を亜弓は拾って渡す。そして、ズボンについた汚れまで払ってあげて、「ひとりで帰れますか？」と心配していた。

　それを見た麻宮は、一度許した彼をまた攻めたい気持ちにさせられた。

「ひとりで帰れないのでしたら、私が井上さんの自宅まで送りましょう。車で来ておりますので、どうぞご遠慮なく」

　飲みすぎて亜弓に面倒を見させ、ラブホテルにと口走った上に、支社のトップであ

り、彼女の婚約者でもある麻宮の車に乗れるほど、井上の心臓はタフではなかった。

「ひとりで帰れますので、ご心配なく！　これで失礼させていただきます！」

井上は支社長と亜弓の双方に頭を下げると、逃げるように前方へと去っていった。

タクシーなら後ろに列をなしているが、一刻も早く、とにかくここから離れたいという思いが、遠ざかる背中に見て取れる。

「井上さん、本当に大丈夫かな」と、亜弓が独り言として呟いた。

麻宮は彼女の手を取ると、来た道を引き返して、井上の姿を目で追うことをやめさせた。

「まっすぐ歩いてたから、心配ない。今度は乗車拒否されずにタクシーにも乗れるよ」

少し歩いて車まで戻り、助手席に亜弓を乗せてから麻宮はハンドルを握った。

行き先はもちろん麻宮の自宅マンション。それについて亜弓は反対せず、車窓を流れるネオンを見ながら、ときおり運転中の彼の横顔にチラリと視線を向けていた。車に乗ってから麻宮がなにも話さないので、怒らせたと気にしているようだ。

カーステレオからはＦＭ放送の深夜番組が流れていて、ＤＪのテンションの高い声や、ロックテイストの洋楽が場違いで気に触る。赤信号で停車すると麻宮はカーステレオのスイッチをオフにして、それからは会話も音楽もない、気まずい空気が車内を満たした。

　麻宮の中に亜弓への怒りは少しもない。むしろ今回のことは、勝手に心配した挙句、わずかにでも彼女を疑った自分が悪いと思っている。それでも気まずい雰囲気を作る理由は、これは利用できると企んでいるせいだった。

　無言のまま十分弱が経過して、車はマンションの地下駐車場に戻ってきた。

　エンジンを切ったところで、亜弓がやっと口を開く。

「心配かけて、ごめんなさい……」

　麻宮は小さな溜め息を彼女に聞かせてから、静かに話し出した。

「謝らないで。勝手に心配して探したのは俺だから亜弓は悪くない。君は気を使って自宅に帰ると言ってくれたんだろうけど……余計に心配になってさ……」

　麻宮が自嘲気味に笑ってみせると、亜弓は真顔のままじっと彼を見つめ、なにかを考え始めた。

『遅くなっても、こっちに帰ってくる約束をした方が、心配させずに済んだのだろうか？』

　彼女は今、こう思っていることだろう。

　亜弓の考えを先読みして会話の流れを作ることは麻宮の得意分野で、今も彼は自分の望む方向へと会話を操ろうとしていた。

「離れていると、隣にいるときより亜弓のことを考えてしまう。平日もそうだよ。夕食後に君は、うちに泊まらず帰るだろう？　もう寝ただろうか？　それともテレビを観ているのだろうか？と考えると、ベッドに入っても眠りはなかなか訪れない。それでも、すべては俺の心の問題で、今回のことも含めて亜弓に落ち度はないから、気にしないで」

亜弓は真剣に話を聞いていて、麻宮の話が終わっても目を逸らさずに、そのまま考えの中に沈んでいた。

見つめ合う静かな時間が十秒ほど続き、やっと彼女が口を開く。

「私がここに住めば、聖志さんは安心してくれますか？」

「今までよりは、確実に」

「分かりました。じゃあ、早めに引っ越します。よろしくお願いします」

企て通り、今回のことを利用して同棲承諾に結びつけた麻宮は、心の中でほくそ笑む。しかし、その腹黒さは微かに口元に表れていたようで、策にはまったと気づいた亜弓は「あっ」と呟いてから頬を膨らませた。

「そういうことでしたか。聖志さんは本当に企むのがお上手で」

呆れたような物言いをしても、その後は笑って彼の企みを受け入れてくれる亜弓。そんな彼女が、麻宮は愛しくてたまらない。

ふたり分のシートベルトを素早く外すと、レバーを引いて助手席の背もたれを倒し、彼は亜弓に覆い被さった。驚く彼女に軽いキスをして、その耳に唇を寄せ、麻宮は甘く囁く。

「本心を明かせば、亜弓さんがあまりにも魅力的なので、閉じ込めておきたくなるんです。他の男の目に触れぬように、と。結婚前の段階で、私のものだと主張すれば……あなたは怒りますか？」

クリスマスイブのプロポーズ以降、麻宮は亜弓に対しての敬語をやめていた。

しかし今は、あえて敬語で囁く。

久しく聞いていなかった以前の彼の言葉遣いに、交際に至るまでの恋心も思い出し、きっと彼女は胸をときめかせることだろう……それを期待して。

熱い息遣いや上昇する心拍数で亜弓の感情を読み取った麻宮は、「ここで抱いてもいいですか？」と彼女のブラウスのボタンを外し、その豊満な胸に顔を埋めた。

「聖志さん、駄目です。家に入るまで我慢して……あっ！」

彼がこれまで隠してきた独占欲を覗かせてみたら、どうやら亜弓もまんざらではない様子。

最初から『君と離れたくないから一緒に住もう』と素直に言えばよかったのかもしれないが……麻宮はこういう捻くれた企てを楽しむ男なのであった。

特別書き下ろし番外編

雪降る港町の熱い夜

聖志さんにプロポーズされてから、もうすぐ一年になろうとしていた。

クリスマスが近づく十二月中旬の土曜日、私と彼は特急電車、スーパー北斗《ほくと》に乗っている。

年が明ければ東京本社への異動や、結婚式の準備等で忙しくなるので、今年のうちに北海道を満喫しておこうと彼に提案され、一泊二日の旅行に出かけることにしたのだ。

目的地は北海道の南端に位置する、函館《はこだて》市。周囲を海に囲まれ、イカ漁で有名な港町で、私は美味しい海の幸を楽しみにしているけれど、聖志さんは分厚いビーフステーキが食べたいと、出発前に言っていた。

函館には、牛肉のイメージはないのにね……。

腕時計を見ると、もうすぐ十一時になるところだった。函館駅の到着予定時刻まで、あと数分だ。札幌駅から三時間半弱の長距離移動も、聖志さんとガイドブックを開いて話していると、時間が経つのが早く感じていた。

電車は速度を落として、函館駅のホームへ。周囲の客が棚から荷物を下ろして降車の準備を始め、通路側に座っていた聖志さんも立ち上がり、私の膝の上のバッグに手をかけた。

「荷物、持つよ」

「大丈夫ですよ。このくらい自分で持ちます」

一泊二日の荷物は小さめのボストンバッグに収まって、普段の通勤用の荷物と大して変わらない重さだった。それでも聖志さんは私の手からバッグを取り上げ、自分の荷物と一緒に片手に持ち、もう一方の手を紳士的に差し出した。

「これで手を繋いで歩けるよ」

バッグを彼が持ってくれるなら、私の荷物はガイドブックだけになり、確かに片手は空くことになる。でも……。

「恥ずかしいから、手は繋ぎません」ときっぱりと断ると、不満そうな顔をされる。

「知り合いに見られることはないからいいだろ。ほら、旅の恥は――」

「かき捨てるような性格をしてません。聖志さん、早く降りてください。もうとっくに到着してますよ」

いつもは彼に主導権を握られて、反論しても、結果的に彼の思惑通りに動かされてしまう私。でも、旅の始めから恥ずかしい要求を飲むのは拒否したい。そう思っていたのに……。

駅のホームに降り立つと、雪がチラチラと降っていた。屋根があっても吹き込む雪で、ホームは濡れている。

『お足元が大変滑りやすくなっておりますので……』と、転倒を注意するアナウンスが聞こえると、聖志さんがニヤリと笑ってもう一度手を差し出してきた。

「滑るって。危ないから手を繋ごう」

「私は雪道に慣れているから大丈夫です」

「そうだね。でも俺は慣れてないよ。俺が転ばないように、手を繋ごうね」

北海道の冬は三度目になる人が、なにを言ってるんだか……。

「もう……」

呆れつつも反対することを諦めた私は、左手を出した。手を繋いで歩くよりも、その程度のことで押し問答を続ける方が恥ずかしいと思い直したからだ。

大きな右手が私の左手をすっぽりと包み、彼は満足そうに笑う。

「結局、君はいつも俺の我儘《わがまま》を聞いてくれる。優しいね。そういうところも大好きだよ」

恥ずかしいから、本当にやめて……。嬉しくて、顔が熱くなるじゃない……。

土曜日の観光地の駅は人でごった返している。手を引かれるように駅の構内から外へ出ると、冬曇りの空が広がっていた。足元には五センチほどの雪が積もっている。

雪を見て「珍しい」と呟いた私に、彼は意味が分からないといった顔を見せる。

函館は北海道の中では降雪量が少ない街。根雪になるのも遅く、クリスマス前に積もることは珍しいのだ。

それを説明すると、彼は「そうなんだ」と納得した後に、なぜか不本意そうな顔をした。

「もしかして、亜弓は函館に来たことがあるの？」

「ありますよ。これで二十回目くらいです。数年前まで親戚が住んでいた街なので」

「そういう情報は、旅先を決めるときに教えてほしかった……」

肩を落としている聖志さん。

不満そうに溜め息をついている理由はなに？　初めて行く場所じゃないと、私が楽しめないと思っているの？

「親戚が住んでいた街でも、観光スポットはよく知らないですよ。歴史的建造物を見たり、名物を食べるのを楽しみにしてるんですけど、それじゃ駄目ですか？」

聖志さんの顔を覗き込むようにして問いかけたら、チュッと不意打ちのキスをもらってしまった。

機嫌を直した様子の彼が、フッと笑って言う。

「亜弓が楽しめるなら問題ない。本当は俺がリードしようと思って、色々と事前リサーチしてきたんだけど、今日は君に案内を頼もうかな」

「ですから、観光スポットは知らないんですって。それと、人前でのキスはやめてくださいね。お願いですから……」

彼と手を繋いで雪道に足を踏み出しながら、今日は暑いなと、おかしなことを思う私。ガイドブックで火照る顔を扇いでいたら、してやったりという顔をして、彼はほくそ笑んでいた。


レトロな市電や循環バスを利用して、新撰組《しんせんぐみ》で有名な五稜郭公園《ごりょうかくこうえん》や、元町《もとまち》地区の異国情緒漂う歴史的建造物を観光して回る。

坂道に建つ古い教会の澄んだ鐘の音が冬空に吸い込まれると、雪がやんで、雲の切れ間から明るい日差しが降り注ぐ。その光に眩しそうに目を細める聖志さんの横顔が素敵で、内緒で見とれていた。

愛しい人との旅行は、こうして坂道をただ歩いているだけでも心が弾むものなのね。でも、そろそろお腹も満たされたいような……。

函館には新鮮な海の幸を楽しめる飲食店が多いけど、B級グルメも捨てがたい。

聖志さんに誘われて、有名なご当地ハンバーガーショップで、大きな唐揚げが入ったボリュームあるバーガーを食べ、今度はすぐ隣にあるコンビニに入った。

道南地区のみで展開するこのコンビニには、名物の焼き鳥弁当がある。海苔弁の上に鶏肉ではなく、豚肉の串が三本のっていて、注文を受けてから焼いてくれるので、ジューシーでとても美味しかった。

それらをお腹に入れた一時間半後には、聖志さんに「これも食べておかないと」と言われて、アメリカンスタイルのカフェに行き、名物のシスコライスを注文した。ピラフの上にミートソースがたっぷりとかけられ、こだわりのフランクフルトが二本のったひと皿はボリューミー。さすがに私は食べ切れそうになく、手をつける前に半分以上を、聖志さんの皿に移させてもらった。

カフェを出ると時刻は十七時。楽しい時間はあっという間に過ぎるものだ。

空はすっかり暗くなり、昔のガス灯を模したレトロな街灯が、黄みがかった光で雪道を明るく照らしてくれている。

綺麗だと思うより、今はお腹が苦しいという感想がなににも勝る。旅先だからと欲張って、ついあれこれと食べすぎてしまった。もう今日はなにもお腹に入らない……と思っていたら、聖志さんが涼しい顔で驚くことを言う。

「夕食は十九時頃にしようか。道産和牛のステーキと、すき焼きの有名店、どっちがいい？」

肉の二択……。最近は私の作る野菜たっぷりのヘルシーな食事に慣れてくれたと思っていたのに、やっぱり彼は肉食獣。

どっちがいいかと聞かれても、今は食べ物のことを考えたくないほどに満腹だし、二時間後に空腹を感じるようになっているとも思えない。

「聖志さんが食べたい方でいいですよ。私は多分、入りません。頑張ってもデザートくらいしか……」

そう答える私は苦笑いしていた。

再び手を繋いで歩き出す。函館の夜の観光といえば、ロープウェイで函館山の山頂まで登って見る夜景だろう。次はそこかなと思ったら、「ベイエリアまで歩こう。素敵なものが見られるよ」と提案された。

ベイエリアには、明治末期に商船会社の倉庫として建てられた赤レンガの建物があり、今はショッピングモールやビアホールとなっている。

函館山の夜景よりもベイエリアに行こうと誘われて、そういえば……と思い出した。今はクリスマスシーズンだから、『クリスマスファンタジー』というイベントを夕方からやっている。話に聞いたことはあってもイベントに参加したことはなく、ワクワクと期待が高まった。

歩くこと数分で到着したベイエリアは、すでに観光客でひしめいていた。ライトアップされた赤レンガの数棟は、海に面して並んで間口を構えている。今宵の海は静かにさざなみ、喧騒の中に打ち寄せる音と、潮風を運んでいた。

波止場は直線的に整備されていて、船が係留《けいりゅう》できるようになっている。いつもは観光船やボートが停泊しているだけの海に、この時期だけは、巨大なクリスマスツリーがお目見えしていた。高さ二十メートルものモミの木が毎年カナダから贈られてきて、イルミネーションで華やかに彩られ、函館を訪れる人々の目を楽しませてくれるという。

イベント期間中に毎日行われる点灯式はこれからのようで、今人垣の向こうに見えているツリーは、ぼんやりとした光に下から照らされているだけ。赤レンガ倉庫と海の間に設けられたステージではトークイベントが行われている真っ最中で、大勢の観光客がそれを見物していた。

　その様子を人垣の後ろで眺めていたけれど、すぐに聖志さんに「移動しよう」と言われた。

「ステージに近いと、かえって見えづらい。人の少ない場所から、遠目に見るだけにしない？」

「そうですね」と同意して「ありがとうございます」とお礼を言った。

　聖志さんの身長だと、きっとステージもツリーも不自由なく見えていたはずで、その提案が私を気遣ってのものだと分かるからだ。

　優しく微笑んで頷いた彼と、ステージに背を向けて歩き出し、L字型の港の角を曲がりさらに進んで、ツリーとステージからかなり離れた海沿いで足を止めた。

「ツリーが小さくなったけど、よく見えます。ここは穴場ですね！」

　周囲には行き交う歩行者が数人いるだけで、立ち止まってイベントを眺めているのは私たちだけだった。マイクを通したステージ上の人々の声は、波音に紛れて、途切れ途切れに小さく聞こえてくる。

　赤レンガ倉庫前の喧騒を遠くに眺め、静かな時間を楽しめるこの場所は心地いい。

でも……やはり海風の吹きつける場所は寒い。ベージュのマフラーを鼻下まで引き上げ首をすくめていると、彼が片腕を私の肩に回して抱き寄せる。

「くっついていた方が暖かいよ」

『恥ずかしいからやめて』と断りはしなかった。夜の闇に包まれて、誰にも見られていないから。クリスマスムードにも後押しされて、たまには甘えてみようかという乙女心が湧いてくる。

彼の黒いコートの肩に頭をもたせかけると、クスリと笑われて、「やけに素直だね」と指摘される。

甘えたいという気持ちは恥ずかしいので口にせず、「だって寒いから」と、私は言い訳した。すると彼は、「それなら、この寒さに感謝しようかな」と言って声をあげて笑い、抱き寄せる腕の力を少し強めた。

そのとき、カウントダウンを始めた大勢の声が、ステージの方から聞こえてきた。

「三、二、一……点灯！」

ぼんやりとした光に照らされていた巨大ツリーが、カラフルで眩い何万個もの電飾を点灯させて、暗い海の上に輝きを放つ。波打つ海がイルミネーションを映し、光を倍増させるから、より幻想的な美しさだった。それと同時に花火が数発打ち上げられ、冬の夜空に大輪の花を咲かせた。

大きな歓声が遠くに沸いて、私も「わっ！」と柄にもなく無邪気に声をあげていた。

「聖志さん、綺麗ですね！」

「そうだね。とても美しい」

「毎年のイベントですけど、見るのは初めてです。北海道を離れる前に見ておいてよかった」

素直な喜びを伝えたのに、なぜか「ごめんね」と彼に謝られた。輝くツリーから隣に視線を移すと、申し訳なさそうな、寂しそうな顔をする彼と視線が合った。

「どうして謝るんですか？」

「うん……。春からは東京に君を連れていく。君らしく輝ける居場所を奪った気がしているんだ」

それはアルフォルトのことだろうか？

私に歌える場所を用意するために、『東京にアルフォルト二号店を出しませんか？』と、聖志さんは真面目にマスターに提案した。しかしマスターに、『ジジイをそんなに働かせてくれるな』と笑って流されてしまった。だから東京で歌える場所はこれから自分で見つけるしかなく、彼はそのことを気に病んでいるようだ。

私としては特に問題視していない。アルフォルトのシンガーをやめるわけじゃなく、ときどき札幌に帰省するときにステージに立ちなよとマスターには言ってもらえた。それに東京に行ったら、週末には彼と一緒にあちこちのジャズバーに足を運んで、歌わせてもらえる場所を探すことも、私は楽しみにしている。

だから、申し訳なく思う必要はどこにもないのにね……。

私は彼と向かい合い、その肩に手をかけて背伸びすると、軽く唇を合わせた。

屋外でのキスを私からしたことに驚いている彼に、明るい口調で言う。

「私の居場所は、今はもう聖志さんの隣なんですよ。あなたのいない場所で輝いても意味はないんです。一番に歌を聴かせたい相手は、聖志さんなんですから」

彼は目を瞬かせてから、フッと大人の笑い方をして、その瞳に急に色を灯した。私の腰を引き寄せると、顔を近づけて、甘い声で囁くように言う。

「どれだけ夢中にさせれば気が済むの？　悔しいな……俺だって、同じくらいに君を夢中にさせてみたいのに」

彼はときどき、自分の方が愛が重いというようなことを口にする。私は確かに彼を愛しているというのに、愛情の大きさが釣り合っていないと感じているようだ。

そんなことはないのに。どうしたらこの気持ちを伝えられるのだろう……？

『私だってあなたに夢中です』と柄にもない台詞を言わなければならないのかと考え

て、恥ずかしく思いながらも口を開こうとしたが……言わせてくれなかった。唇を重ねられたからだ。

深く激しく、食べられてしまいそうなキスに、息が苦しくなって唇を離したら、上気した顔の彼に色気のある声で囁かれた。

「クリスマスイベントは終わりにして、宿に行こう」

「え、夕食の道産和牛のステーキは?」

「明日にするよ。ステーキより今は、亜弓を食べたくて仕方ない」

ステーキと恋人を比較するなんて……と本来なら呆れるところだけど、旅行前から彼がステーキを楽しみにしていたことを思い出し、肉に勝ててよかったとホッとしていた。

こんな地味で冴えない私に、旨味を感じてくれる彼が愛しい。

宿にという提案に私は笑顔で頷いて、彼と手を繋ぎ、温かな心持ちで歩き出すのだった。

今夜の宿は湯《ゆ》の川《かわ》温泉街の、雰囲気のよい静かな和風旅館。

今回の旅行で夕食は頼んでいないが、朝食にも新鮮な海鮮料理が出されるというので、明日の朝が楽しみになる。

聖志さんが予約してくれた部屋は、海の見える展望露天風呂つきの特別室で、着いて早速、私は体にバスタオル一枚を巻いた姿で、露天風呂に出てみた。

「素敵……」

溜め息が出るほどの美しい夜景に、心が奪われる。

緩やかにカーブする海岸線は、街の明かりが星のよう。真っ暗な海と、薄雲を纏った月がぼんやりと輝く冬の空。それらのコントラストは、絶景という表現が相応しい。

手すりに手をかけ、景色を楽しむ私の隣には、聖志さんがいない。

『俺は後で入るよ。お先にどうぞ』と言われたのだが、そんなことを言っても、彼もすぐに入ってくるだろうと予想している。彼はそういう人だから。

夜景の美しさに見とれていたけれど、すぐに寒さに耐え切れなくなった私は、体を震わせて急いでお湯の中に入った。

ここは半露天で、海に面した一面だけが開放されて、他の壁や天井は檜《ひのき》造り。もちろん浴槽も檜で、木と湯と潮の香りが混ざり合って鼻孔をくすぐる。

湯は入った瞬間は熱めだと感じたが、すぐに体が馴染み、長く浸かっていられそうな、ちょうどよい温度だった。眼鏡は曇るので外して浴槽の縁に置き、裸眼で見る夜景も光が滲んで綺麗だと思いながら、無色透明で肌につるりとした感触を与える泉質を、ひとり贅沢に楽しんでいた。

するとと案の定と言うべきか、ドアがそっと開いて、たくましい裸体を晒す聖志さんが現れた。顔だけ振り向いて「絶対に来ると思ってました」と笑ったら、近づく彼が期待外れと言いたげな顔をする。

「驚かそうと思ったんだけど、失敗か」

残念そうな彼だけど、すぐに口角を上げて、背中に隠していたものを私に見せた。シャンパンのボトルと、グラスがふたつ……。

「これも想像通りだった？」

「いえ、予想外です。露天風呂でシャンパンを楽しむなんて、素敵ですね」

檜の浴槽はふたりが並んで足を伸ばせるほどに広く、湯の中でシャンパングラスを合わせて乾杯する。すると外にはチラチラと雪が降り始め、霞む海と夜景もまた風情があって美しく心奪われた。

温まって乾いた喉に甘口の冷たいシャンパンを流し込み、ホッと息をつく。

「旅っていいですね。目もお腹も心も満たされて、大満足です」

私がそんな感想を述べると、なぜかシャンパングラスを取り上げられた。

「聖志さん？」

彼は自分のグラスも一緒に浴槽の縁に置いて、私の体に巻きつけていたバスタオルを外し、私をひょいと持ち上げた。湯の中で彼の太ももを跨いで向かい合わせに座らされ、唇に軽いキスをもらう。

照れたりしない彼は、にっこり笑い、戸惑う私に言った。

「俺は、こうしないと満足できない」

「……もう」

「顔、赤いよ？」

「お湯とシャンパンのせいです」

こういうシチュエーションに照れているせいだと、そんなかわいらしい台詞を言えない私を、彼は愛しそうに見つめて、それから突然「歌って？」と言い出した。

「素晴らしいロケーションと、美しく柔らかな君の体。あとは素敵なジャズが流れたら、完璧だと思わない？」

どうしようかな……。歌うのは構わないけど、聖志さんの口元にはまたなにかを企んでいそうな笑みが浮かんでいる。もしかして、『歌い続けて』と言いながら、その手は私の体を弄《もてあそ》び、歌いづらくさせて楽しむつもりなのでは……。

彼ならやりそうな気がして、遊ばれる予感に、少々悔しい気持ちになる。

いつもは一枚上手の彼だけど、今夜は私が……。

彼の企みを見破ったつもりで、にっこり笑って反撃した。

「いいですよ。雪とガラスのマリアージュのステージで、最初に歌ったあの曲、『A Love That Will Last』にしましょうか。伴奏がないと歌えないので、聖志さんはギターを弾いてください」

「ギター？」

ギターはここにないと言いたげな彼に、「ハミングで」と付け足し、私はクスリと笑う。

一緒に暮らしていても、聖志さんの歌を一度も聴いたことがない。少し低めで響きのよい素敵な声質をしているから、どんなふうに歌うのか聴いてみたいのに。

自宅でレコードをかけつつ、『歌ってください』とお願いしたことがあったけど、あのときは『歌は専門外』というひと言で拒否された。

それからずっと思っていたのは、もしかして……という予想。

そのこともあって今、彼にハミングでいいからギターの伴奏をと提案していた。

途端に彼は焦りを顔に浮かべ、「いや、それは……」と断ろうとしている。

拒否の言葉を聞く前に、私はリズムを取って歌い始めた。

じっと真顔で目を逸らさず、『早く歌ってくださいと』と目で訴え続けていると、根負けしたように途中から彼も伴奏を口ずさむ。渋々といった様子で。

そのハミングはところどころ、思いっ切り音程を外していて、我慢できなくなった私は歌えなくなり、吹き出して笑ってしまった。

恥ずかしそうな、ふてくされたような顔で目を逸らした彼に、笑いながら言う。

「完璧な人だと思ってたんですけど、苦手はあるんですね。嬉しいです」

歌が苦手という発見に、私は喜んでいた。

彼がどんなに愛情を示してくれても、私たちが釣り合っていないという事実は変えられない。気にしないようにするしか対処法はないと思っていたが、私より下手なものがあると分かって、彼と比較してへこみそうになる気持ちは和らいだ。

それを言葉にして伝えると、機嫌を損ねた聖志さんに、また笑顔が戻る。

寒気の中に晒している私の肩から胸に、湯をすくってかけてくれながら、「できれば知られたくなかったけど、亜弓がそう思うなら、よしとするかな」と優しい声で言った。それから苦笑いして、「実は他にも苦手はあるんだ」と付け加えるから、私は食いついた。

「ぜひ教えてください！」

「やだね。知りたいなら、自分で探して」

その挑戦的な言い方に、「絶対に見つけてみせます」と決意を述べたら、フッと不敵に笑われた。

「見つけられないよ。嘘だから」

「え……他に苦手は、なにもないということですか？」

「いや、それも嘘」

からかうような受け答えをするのは、彼の照れ隠しなのか、それとも他に意図があってのことなのか。いつも通りの涼しげな瞳から特別な感情は読み取れないが、その口元には隠し切れない意地悪な笑みが浮かんでいる。

それに気づいた私が「またなにか企んでいるんですね？」と問いかけると、今度はハッキリと口角が吊り上がった。

「バレたか」

彼の両腕が私の背中と後頭部に回されて、湯の中で抱き寄せられ、裸の胸が密着する。私を強く抱きしめながら、彼は耳元で企みごとを白状した。

「苦手があるのか、ないのか。あるとすれば、それはなんだろうと、君に考えさせたかったんだよ。もっと俺を見てほしい。この美しい夜景が目に入らないほどに、俺だけを見つめて、いつでも考えていてほしい。そう願うのは、俺の方が愛が重いからなんだろうな……」

ベイエリアでクリスマスツリーを眺めていたときにも、似たようなことを言われたと思い出す。

彼は私を、ドライだと言ったことがある。そう指摘されると、私は豊かな愛情表現が苦手なのかもしれないと、自分でも認めるところだ。

でも、心の中には彼への深い愛情があるつもり。ベイエリアでは、キスに邪魔されて言えずに終わった言葉を今、伝えなければと思った。

恥ずかしがってはいられない。不安にさせているのなら、きちんと愛情を言葉にしないと……。

「考えてますよ、聖志さんのことを。仕事中も歌っているときも、聖志さんの帰りを待ちながら夕食の支度をしているときも、いつだって心には愛しいあなたがいるんです。私だって、これ以上ないくらい、あなたに夢中なんですよ」

言い終えた瞬間、「キャア！」と叫んだのは、私を横抱きにして、彼が急に立ち上がったからだ。彼の首に両腕を回してしがみつき、驚く私の目に映るのは、至近距離にある情熱的な甘い瞳。

「これ以上、湯に浸かっていたら、君にのぼせてしまうよ。続きは布団の上で、激しく……ね」

函館に冷たい雪が深々と降り積もる。

でも私たちの体は火照り、愛情を見せ合って、さらに熱を帯びていく。

「亜弓、誰よりも君を愛してるよ」

私もですよ、聖志さん……。

体が壊されそうなほどに激しく愛され、想い合える喜びに、身悶えする私。

さっき、最後まで歌えなかった『A Love That Will Last』は今、聖志さんのスマホで小さく流されている。

永遠に続く愛が欲しいと繰り返す英語のフレーズに、『私は手に入れたよ』と心の中で答えていた。

オフビートのリズムに乗って抱き合いながら、ふたりの幸せな旅の夜は更けていく。

END

あとがき

この作品をお手に取ってくださった皆様に、深く感謝申し上げます。

地味ＯＬでときどき歌姫に変身する亜弓と、策士な肉食系御曹司、麻宮の恋はお楽しみいただけましたでしょうか？

地味ＯＬになにか素敵で意外な特技を持たせたいと考えて、ジャズシンガーにしてみました。ジャズには詳しくない私でして、アルフォルトでのシーンや曲等におかしな点がありましたら、どうかお許しを……。

詳しくはないですが、聞くのは好きなんです。リズムが心地よくて、リラックス効果を期待してＣＤを購入したこともあります。執筆中にも聞いていました。

麻宮について、少し。

賢くて少々強引で敬語で話すという麻宮の特徴は、私の好みを詰め込んだ男性像です。ギターやガラス細工と、よくばってあれこれとできる男にしてしまい、この作品を小説サイト『Berry's cafe』で公開中にお寄せいただいた感想の中に、『弱点は？』というご意見がありました。その貴重なご意見に、ハッとした私です。

完璧なヒーローよりも弱点があった方が、親しみが湧きますよね。人間的な魅力も上がりそうな気がします。

それで文庫化していただける機会に、麻宮の弱点を描いた番外編を追加してみました。後付けになりますが、歌が下手という弱点を持つからこそ、麻宮には亜弓がより魅力的に感じられたのではないかと思います。


最後になりますが、今作の編集を担当してくださった倉持様、妹尾様、アドバイスの数々に感謝致します。文庫化にご尽力くださった多くの関係者様にも、厚くお礼申し上げます。カバーイラストを描いてくださった藤那トムヲ様、麻宮と亜弓は私の想像を超えて素敵で感激しました！

そして、この文庫をお買い求めくださった皆様、連載中に応援してくださったサイト読者様、本当にありがとうございました。

いつかまた、ベリーズ文庫で皆様にお目にかかれますように……。

藍里《あいさと》まめ

藍里まめ先生への
ファンレターのあて先

〒104-0031
東京都中央区京橋1-3-1
八重洲口大栄ビル7F
スターツ出版株式会社　書籍編集部　気付

藍里まめ先生

本書へのご意見をお聞かせください

お買い上げいただき、ありがとうございます。
今後の編集の参考にさせていただきますので、
アンケートにお答えいただければ幸いです。

下記URLまたはQRコードから
アンケートページへお入りください。
http://www.berrys-cafe.jp/static/etc/bb

肉食系御曹司の餌食になりました

2017年8月10日　初版第1刷発行

著　　者　藍里まめ

発 行 人　松島 滋

デザイン　カバー　近田日火輝 (fireworks.vc)

フォーマット　hive&co.,ltd.

D T P　久保田祐子

校　　正　株式会社 文字工房燦光

編集協力　妹尾香雪

編　　集　倉持真理

発 行 所　スターツ出版株式会社
〒104-0031
東京都中央区京橋1-3-1　八重洲口大栄ビル7F
TEL　販売部　03-6202-0386（ご注文等に関するお問い合わせ）
URL　http://starts-pub.jp/

印 刷 所　大日本印刷株式会社

Printed in Japan

ISBN 978-4-8137-0296-2　C0193

『副社長とふたり暮らし＝愛育される日々』

葉月《はづき》りゅう・著

貧乏OLの瑞香は地味で恋愛経験もゼロ。でもクリスマスの日、イケメン副社長・朔也に突然デートに連れ出され「もっと素敵な女にしてやりたい」とおしゃれなドレスや豪華なディナーをプレゼントされ夢心地に。さらに不測事態発生で彼と同居することになり…！

ISBN978-4-8137-0299-3／定価：本体640円＋税

ベリーズ文庫
2017年8月発売

書店店頭にご希望の本がない場合は、
書店にてご注文いただけます。

『次期社長の甘い求婚』

田崎《たさき》くるみ・著

大手企業で働く美月は、とある理由で御曹司が大嫌い。でも社長のイケメン息子、神に気に入られ、高級料亭でもてなされたりお姫様抱っこされたりと、溺愛アプローチされまくり!?　嫌だったのに、軽そうに見えて意外に一途な彼に、次第にキュンキュンし始めて…？

ISBN978-4-8137-0300-6／定価：本体640円＋税

『肉食系御曹司の餌食になりました』

藍里《あいさと》まめ・著

地味OLの亜弓は、勤務先のイケメン御曹司・麻宮に、会社に内緒の“副業”を見られてしまう。その場は人違いとごまかしたものの、紳士的だった麻宮がその日から豹変！甘い言葉を囁いたりキスをしてきたり。彼の真意がわからない亜弓は翻弄されて…!?

ISBN978-4-8137-0296-2／定価：本体630円＋税

『寵愛婚－華麗なる王太子殿下は今日も新妻への独占欲が隠せない』

惣領《そうりょう》莉沙《りさ》・著

第二王女のセレナは、大国の凛々しい王子テオに恋をするが、彼はセレナの姉との政略結婚が決まってしまう。だけどなぜか彼はセレナの元を頻繁に訪れ、「かわいくて仕方がない」と甘く過保護なまでに溺愛してくる。そんなある日、突然結婚の計画に変更が起きて…!?

ISBN978-4-8137-0302-0／定価：本体650円＋税

『溺愛副社長と社外限定!?ヒミツ恋愛』

紅《くれない》カオル・著

ホテルで働く美緒奈は女子力ゼロのメガネOL。けれど、友人のすすめで、ばっちり着飾り、セレブ船上パーティーに参加することに。そこで自分の会社の副社長・京介に出会うが、美緒奈はつい名前も素性も偽ってしまう。けれどそのままお互い恋に落ちてしまって…。

ISBN978-4-8137-0298-6／定価：本体630円＋税

『ポンコツ王太子と結婚破棄したら、一途な騎士に溺愛されました』

灯乃《とうの》・著

人質まがいの政略結婚で、隣国の王太子へ嫁いだ公爵令嬢ユフィーナ。劣悪な環境でも図太く生きてきたが、ついに宮中で“王太子妃暗殺計画”が囁かれ出す。殺されるなんて冗談じゃない！と王太子妃がまさかの逃亡!?　そして、愛する幼なじみの騎士と再会をして…。

ISBN978-4-8137-0301-3／定価：本体620円＋税

『イジワル御曹司のギャップに参ってます！』

伊月《いづき》ジュイ・著

男性が苦手なOL光子は、イケメン御曹司だけど冷徹な氷川が苦手。でもある日、雨に濡れたところを氷川に助けられ、そのまま一夜をともにすることに!?　優しい素顔を見せてきて、甘い言葉を囁く氷川。仕事中には想像できない溺愛っぷりに光子は翻弄されて…!?

ISBN978-4-8137-0297-9／定価：本体630円＋税